镜 人
像 间

方尖碑 出品

穿皮大衣的玛利亚

[土耳其] 萨巴哈丁·阿里 —— 著

秦沛 —— 译

Kürk Mantolu
Madonna

Sabahattin Ali

古吴轩出版社

穿皮大衣的玛利亚

　　在我一生遇见的所有人里，没有一个比莱夫·艾芬迪更让我记忆犹新。几个月过去了，他的身影依旧时时浮现在我的眼前。此刻，我在独坐中仍然可以看见他那张真诚的面孔——他虽凝望着远处的虚空，却已经做好了要向每一个路过的人微笑问好的准备。但他并不是一个出类拔萃的人。实际上，他普普通通，毫无特点。像他这样的人，我们每天都会遇见成百上千个，每天又都会无视成百上千个。他的生活，无论是在台面上，还是在私下里，都没有任何值得人们好奇的地方。到了最后，他这种人往往还会让我们不断追问："他们在为什么而活？他们要在生命中寻找什么东西？究竟是怎样一种思想在让他们继续呼吸？究竟是怎样一种理念在驱使着他们漂荡于世？"但是，如果我们没能看透表面，如果我们忘了每一种表面下都藏有另一个领域——一个将在孤独中躁动的头脑囚于其中的领域，那我们的问题将永远也找不到答案。也许，如果一个人的面部表情没有泄露一丝一毫的内心

活动，忘记他反而会更容易。但这未免也太过可惜：只需那
么一点点好奇心，我们就能发掘到从未预想过的珍宝。即便
如此，我们也很少会去寻找从未渴求过的东西。英雄遇恶
龙，任务明晰。但如果任务要求人鼓起勇气钻进无人知晓的
深井，那我们要找的就是另一种完全不同的英雄了。当然，
我并不是这种英雄之一。我认识莱夫·艾芬迪完全出于偶
然，就那么简单。

　　丢了在银行的职务以后，我有很长一段时间都在安卡
拉①四处找工作。直到现在我也不知道当时为什么会被解
雇，他们说是为了缩减开支，却不到一周就雇佣了其他人。
我积蓄微薄，勉强度过了夏天，但冬天到了，我也不可能在
朋友家的沙发上寄居太久。食堂的餐卡一周内就会作废，我
却连续费的钱也拿不出来。每当工作申请被拒绝一次，我的
希望也跟着被抽干一点，虽然从一开始我就知道一切不会有
结果。我和朋友们断绝了往来，在街上挨家挨户地问有没有
商店需要售货员，所有人都拒绝了我。我常常绝望地游荡于
大街小巷，直到深夜。朋友有时会邀请我去家里吃晚餐，但
即便我坐在那里，享受着他们的美食美酒，绝望的浓雾仍然
不肯消散。而且我还发现了一件非常奇怪的事：我的境况越
是艰难，越是难以维生，我就越不愿意开口求人帮忙，并对
此感到羞耻。要是在街上碰见哪个过去总爱告诉我去哪里找

───────────
① 土耳其首都。（若无特殊标明，均为译者注。）

工作的朋友，我一定会埋着头迅速从他身边走过。哪怕是对那些我从前直接讨要过食物或借过钱的朋友，我的态度也发生了变化。当他们问我的近况如何时，我便尴尬地笑笑，说："还不错……到处打打零工什么的。"说完便找借口离开。结果，我越是需要朋友，就越是渴望逃离。

一天傍晚，我漫步在车站和展览馆之间安静的道路上，徜徉于安卡拉秋日的美景中，希望能借此振作精神。夕阳照射在社区活动中心的玻璃窗上；小松树和金合欢树之上笼罩着一层薄薄的烟雾，也许是蒸汽，也许是灰尘；一群身上沾满水泥的工人正好从某个工地上回来，弓着背，在沉默中走过仍留有车辙的柏油路。这个画面中的所有事物似乎都对自己的位置心满意足。一切都与世界言和了，一切都各司其职，我想我已经无力再改变一切了。就在这时，一辆车飞快地冲到了我面前。我瞧了瞧司机，觉得自己应该认识他。汽车在我前方不远处停了下来，一边的车窗打开了。一个人从车窗里探出头来，叫了一声我的名字。原来是我的老同学哈姆迪。

我向他走去。

"你这是要去哪儿？"他问。

"不去哪儿。我就是出来散散步。"

"那快上车。去我家吧！"

我还没来得及回答，就被他领到了旁边的座位上。路上，他告诉我他刚去参观了很多家工厂，都是他现在上班的那家公司的，现在正准备回家。"我发了个电报回去，告诉他们我什么时候能到。这样他们也能准备好迎接我。不然我可不敢邀请你过去!"他说。

我笑了。

哈姆迪和我从前经常见面，但自从丢了工作以后，我就再也没有见过他。我知道他现在的公司是卖机械设备的，但也做林业和木材生意，他在里面当副总经理，日子过得不错。正因如此，我失业以后才一直没有找过他。我担心他会觉得我是想找他借钱，而不是想让他帮忙介绍工作。

"你还在银行?"他问。

"没有，"我说，"离职了。"

他看上去有点惊讶。

"那你现在在哪里上班?"

我半心半意地说："我现在无业!"

他转过头打量了我一下，看了看我的衣服，然后露出一个微笑，并拍了拍我的肩膀。他仿佛是要让我知道，自己并没有后悔邀请我去他家。"别担心，我们今晚就谈谈这个问题，想想办法!"

他看上去多自信、多得意啊。毕竟，他现在可以享受帮助朋友这种奢侈的乐趣了。我真嫉妒他!

他的房子虽有些小，但很温馨;他的妻子虽长相普通，但很亲切。他们毫不尴尬地吻了吻对方，然后哈姆迪便留下我一个人去洗漱了。

他没有正式把我介绍给他的太太，所以我只能就这么站在客厅里，手足无措。而他太太则在门廊里转来转去，偷偷观察我。她似乎正在考虑着什么事，很有可能是在想要不要请我坐下。但最后她改变了主意，走开了。

我问自己哈姆迪为什么会这么对待我，因为我知道他一直都是个非常注重礼节的人，有时甚至是过于注重了点。他觉得面面俱到是成功的必要因素之一。可能这就是身居要职的人常有的怪癖吧，他们在对待老朋友（或者没那么成功的朋友）时常常故意表现得不太客气。从前和人家说话的时候有礼有节，现在却换上了一种父亲般的口吻，还总觉得自己完全可以打断别人的话，提一些毫无意义的问题，同时还会配上一个充满同情的笑容。近来，这种人我碰到太多了，现在对着哈姆迪竟然一点气也生不起来，只想着快点逃离这种窘境。但就在这时，一个老村妇端着咖啡走了进来。她戴着一块头巾，围着一条白色的围裙，黑色的袜子上打满了补丁。于是我也就在扶手椅上坐下了——椅子深蓝色的衬底上点缀着银色的刺绣。我转头四处看了看，一面墙上挂着家人和电影明星的照片；书架上摆着一堆廉价小说和时尚杂志，很明显都是他太太的；茶几下面堆着几本画册，已经被上门拜访的客人们翻得很旧了。我不知道该做点什么，便也随手拿了一本画册。但我还没来得及翻看,哈姆迪就重又出现在了门口,一手梳理着潮湿的头发,一手扣着衬衫的纽扣。

"好了,"他说,"谈谈你的近况吧。"

"真的没什么好说的,该说的我已经告诉你了。"

他似乎很高兴碰到了我。可能是因为他终于有机会向我展示他过得有多好了,也有可能是因为当他看着我时,他能在心底庆幸他不是我。当不幸降临到那些曾与我们同行的人身上时,我们常常都会感到一阵宽慰,仿佛我们相信自己能因此而免遭命运的荼毒一样。而一旦我们认为别人是在替我们遭罪,一种对这些可怜人的同情感便会油然而生,我们的心也会由此充满了慈悲。哈姆迪开口时,语气中浸润的大概就是这样的感受。

"你还在写作吗?"

"偶尔写写吧……有时写诗,有时写小说……"

"但是,你写作有报酬吗?"

我再一次笑了。他又接着说道:"你真的该停停了,朋友!"他继续教育我,要是想成功,我就该脚踏实地地做点事,像文学这种虚无缥缈的东西,本来就是一毕业就该放弃的。他跟我说话的口气像是完全把我当成了一个小孩子,从没考虑过我可能也有话想说,也想争论两句、回答两句。他毫不掩饰地让我知道,他的这番勇气正是来源于他的成功。而我坐在那里,躲在一个看上去必定十分愚蠢的微笑后面,徒然增强了他的信心。

"明天早上来找我吧！"他说道，"我们到时再看看能不能给你找点事做。你脑子很聪明，就是懒，不过也没什么，经验才是最好的老师嘛！别忘了，早点来。"

他似乎已经忘了自己上学时曾是全校最懒的学生。又或者他只是算准了我不会开口反驳他，所以大言不惭地胡说一通罢了。

这时他从椅子上站起来，于是我也急忙起身，向他伸出手。"那我就先告辞了。"我说。

"怎么走得那么早，我的朋友？唉！算了！你有自己的主意。"

到了这时我才想起来，他是邀请我过来吃晚餐的。但是他自己似乎也完全忘了这件事。我向门口走去，拿上帽子，说道："请代我向你的妻子问好！"

"噢，好的，好的。别忘了明天来找我！还有，别灰心！"他说着，在我的背上拍了拍。

我离开哈姆迪的家时，天已经完全黑了下来。路上街灯荧荧。我深吸了一口气，空气中飘浮着尘埃的气味，但在我看来，一切却是那么清新，那么平静。我慢慢走回了家。

第二天上午，我去了哈姆迪的办公室——虽然前一天离开他家时，我心里并没有这个打算。毕竟他当时话也没说得那么绝对。我找过的所有人都用同一套陈词滥调把我打发走了，他们总是说"咱们看看能想个什么办法，看看咱们能做点什么"。但我还是去了。驱使着我行动的并不是希望，甚至也不是自取其辱的渴望。我只是告诉自己："昨晚你就这么坐着，一言不发地让他成了你的恩人，对吧？行，那你就得熬到最后，咽下苦果。你罪有应得。"

门房先是带我去了一间小小的等候室。当我终于被领到哈姆迪的办公室时，我感到我的脸上又浮起了那种愚蠢的微笑。我更恨自己了。

哈姆迪专心处理着桌上堆着的各种文件，职员们在他的办公室里进进出出。他冲我点了点头，示意我坐到一把椅子上。我实在鼓不起勇气去和他握手，只能坐下。到了这时，我的自信已经完全消退了。头晕目眩中，我感到他仿佛真的成了我的老板，对那一番颐指气使我也习以为常了。自十二个小时前的会面以来，我和我的老同学之间形成了多么巨大的鸿沟！这种以"友谊"为名的游戏真是荒唐至极，难道在这种空虚做作的互相打压之中还能有什么真情实感吗？

无论是哈姆迪还是我，和昨晚比起来都没有任何改变。我们仍然是从前的自己。但我们在对方身上发现了一些新的东西，而这些鸡零狗碎的玩意儿如今却把我们送上了两条不同的道路。最匪夷所思的一点就是，我们双方竟然都接受了这一点，只把它看作平常。我既不怪他，也不怪我自己。我只想快点逃走。

　　"我给你搞到一个职位！"他宣布道。他用那双勇敢而真诚的眼睛注视着我，补充说："其实我是自己搞了一个新职位，不会太忙。你负责跟踪记录我们和其他银行的生意，尤其是和我们自己的银行的。你这工作就类似于联络员吧，就是在公司和银行之间进行协调。要是没什么重要的事，你也可以做做自己的事情，写写诗。我跟总经理谈过了，你可以进来。只不过吧，现在工资不会太高，大概四五十里拉。当然，之后我们会给你涨薪水的。那咱们就开始吧！距离成功不远了！"

　　他伸出手，没想费心站起身。我走过去，和他握了握手，道了谢。从他的脸上我可以看出，能高高在上地施恩于我让他有多高兴。那时我觉得他这人其实并不坏，他的行为跟地位相称，说不定到了这个位置上就是得这么行事才行。但我前脚刚走出他的办公室，后脚就开始琢磨着逃走，不愿意再去他指给我看的那间屋子。不过，最后我还是拖着步子穿过了走廊，垂着头问我碰到的第一个门房，莱夫·艾芬迪的办公室在哪里。他随手指了指一扇门便走开了。我再次停了下来。我为什么不能就这么一走了之呢？难道我就这么放不下这四五十里拉的薪水吗？还是我害怕得罪哈姆迪？不！我已经有好几个月没有工作过了。离开这里，我就毫无前景可言，也无处可去……我将一蹶不振。正是这些想法将我囚禁在了那条昏暗的走廊上，逼迫我等待着那个门房为我指出一条明路。

　　最后，我透过门缝看到了莱夫·艾芬迪。我从没见过他，但当我看到这个正在伏案工作的男人时，却还是一眼就认出了他。后来我思考过当时我为什么会有这种推测。哈姆迪说过："我把你安排到了我们的德语翻译莱夫·艾芬迪的办公室里。他这人挺简单，话也少，人畜无害。"在这样一个人人都称呼对方为先生、小姐的时代，他却仍然只是莱夫·艾芬迪。也许正是这些描述在我脑中构建出了一个栩栩如生的形象，让我一见到这个戴着玳瑁眼镜、满脸胡茬的灰白发男人，就立刻认出了他。我走了进去。

　　他抬起头，睁着一双雾蒙蒙的眼睛看着我。我开口说道："您就是莱夫·艾芬迪吧？"

　　他很快瞥了我几眼。接着，他用一种柔和到近乎畏惧的声音说："是的。您肯定就是新来的职员了。他们刚才过来帮您把桌子收拾好了。欢迎！请进吧！"

　　我走进去坐到了我的桌前，研究着桌面上的刮痕和淡去的墨水印。通常来说，我一坐到某个陌生人旁边，便会想立马开始打量对方，偷偷摸摸地多看几眼，在心里勾勒出一个大致的第一印象——当然，这次我的第一印象是错的。但我发现他对此却一点也不在乎。他仍然埋头做着自己的事情，仿佛我根本不存在似的。

　　这种情况一直持续到中午。到了这时，我已经开始大大方方地观察他了，心里毫无顾忌。他的头发剪得很短，头顶略显稀疏，脖子和那双小耳朵之间的皮肤皱皱巴巴的。他耐心地做着翻译，又细又长的手指不时穿梭于文件之间。偶尔，他会抬起双眼，似乎是在思索合适的用词，要是我们的目光碰到了一起，他便会露出一个不自然的微笑。虽然从我这边或者从上方看去他就是一副老头的模样，但他的微笑中却总会流露出某种迷人的稚气，而他那修剪过的金色胡子使得他看上去更显天真。

我出去吃饭的时候看到他打开了桌子的抽屉，从里面拿出了一个饭盒和一块裹在纸里的面包。"祝您有个好胃口！"我说着，离开了办公室。

我们一起在这间办公室里度过了许多个漫长的白日，但彼此之间仍然没有太多话可说。这段时间里，我认识了一些其他部门的职员，傍晚时常和他们一起去咖啡店里玩双陆棋。从他们口中我得知，原来莱夫·艾芬迪是公司里的老员工之一。公司成立之前，他在一家银行里做翻译，现在我们和这家银行也有合作。没人记得他是什么时候进来的。听说他得照顾一大家子人，而他的薪水只能勉强维持家里的花销。我问他们：既然他已经是资深员工了，为什么不干脆给他涨工资呢？这些年轻的职员们都笑了。"因为他笨啊！我们连他德语到底行不行都不知道！"但是后来我发现，他的德语其实非常好，他的翻译总是既准确又雅致。无论是翻译关于锯木厂设备或者机械零件的信件，还是详述一批从南斯拉夫的苏萨克港运来的桦木和松木的品质，他做起来都轻轻松松，不在话下。他从土耳其语翻译为德语的合同和明细单，经理拿了连看都不看就可以寄给对方。他在闲暇的时候会打开抽屉，读读他放在里面的书，动作不紧不慢，也从不把书从里面拿出来。一天我问他："您在看什么，莱夫先生？"他涨红了脸，好像做了坏事被我揪住了小辫子一样，磕磕巴巴地说："没什么……就是一本德语小说而已！"他立刻合上了抽屉。即便如此，公司上下也没人愿意承认他确实掌握了一门外语。可能这也情有可原，毕竟这个人身上没有任何证据可以证明他确实懂外语。他从不讲德语，也不夸耀自己精通德语，手上从不拿什么外语杂志或报纸。总之，世上确实有那种巴不得向全世界宣告自己懂外语的人，但他和这种人毫无共同点。再加上，他从没想过要通过涨薪来让大家承认他的价值，也从没想过去另找一份工资更高的工作，因此也就显得更加另类了。

　　他每天都准时来上班，中午在办公室里吃饭，到了傍晚便去商店里买几样东西，然后径直回家。有几次我邀他一起去咖啡店里坐坐，他总会回绝。"他们还在家里等我呢！"他那时说。"每天都急着回家见老婆和孩子，看来他家庭挺幸福嘛。"我想。但后来我发现，事实完全不是这样，这些我都会在恰当的时候进行记述。虽然那么多年来他一直勤勤恳恳地工作，但办公室里的人还是看不起他。要是我们的朋友哈姆迪在莱夫·艾芬迪的翻译稿上发现了一点点录入错误，他便会立刻把这个老实人叫进去，有时甚至还会自己走到我们的办公室里来，就为了训斥莱夫·艾芬迪一顿。他在对待其他职员时态度会更加慎重一点，因为其他人都是通过走后门进来的，他可不想引火烧身。但在对着莱夫·艾芬迪时，他却常常因为翻译晚交了几小时这种小事而面红耳赤地大吼大叫，声音大得整栋楼都能听到。他敢这么做，不过是认准了这人不敢反抗他而已——这点东西他还是能看到的。这世上难道还有什么享乐，能比在自己的同类身上滥施权威更加令人迷醉吗？毕竟，让别人诚惶诚恐确实是种惬意。而只和一小部分人一起分享这种特权，则更是人生一大乐事。

　　时不时地，莱夫·艾芬迪会忽然生起病来，请假不上班。一般来说，让他闭门不出的都只是普通的感冒，但他很久以前得过一次胸膜炎，从此便变得十分小心了。只要稍微有点感冒，他就会立马躲得远远的，再回来时已经裹上了好几层坎肩。他坚持要关上我们办公室里所有的窗户，每到夜幕降临时还会戴上齐耳高的围巾，不把他又厚又旧的大衣领子尽量拉高就决不出门。但即使是在生病的时候，他也从不会耽误工作。公司会把需要翻译的文件给他送过去，几个小时后再去把译好的文件取回来。即便如此，每当哈姆迪或者总经理对着他训话时，他们似乎也总在说："你这个哭哭啼啼的小鬼，可别忘恩负义！不管你请多少次病假我们都不会放过你！"他们从来不错过任何一个嘲讽他的机会。如果这个可怜人请了几天病假，那他回来的时候他们不仅不会祝他身体健康，反而还会挖苦他："最近怎么样啊？希望你终于战胜病魔了！"

就这样，我对莱夫·艾芬迪也逐渐失去了耐心。我不常待在办公室里。大部分时候，我都带着整袋的文件奔波于银行之间，要么就是跟各种政府部门打交道，领取订单。偶尔我会在桌前坐坐，整理整理文件，交给总经理或者他的助手。就算是这样，我也对这个人没了兴趣，他就这么整天坐在那里，不停地做翻译，不然就是读他藏在抽屉里的德语小说，死气沉沉，令人生厌。我想，他这种人根本就提不起勇气去探索自己的灵魂，更别说表达自己的灵魂。我以为，他的内心并不比一株植物更丰富。他每天早上都像机器一样准时上班，不断工作，只偶尔停下来读读小说，毫无必要地摆出一副小心翼翼的样子。下班以后，他也只是买几样东西便径直回家，无知无觉般的日子周而复始，只在生病的时候才稍有变化。据我的新朋友们说，他维持这样的生活已经有许多年了，没人记得他曾对什么东西产生过热忱。即便是在面对那些唐突无礼的莫须有罪名时，他也只是用同样平静木然的表情看着他的上司；而在请某位打字员帮他打印翻译稿，或在取件后感谢这位打字员时，他的脸上也总挂着同一种毫无意义的微笑。

一天，因为打字员对莱夫·艾芬迪的工作不上心，一份翻译稿交晚了，哈姆迪走进我们的办公室，严厉地说："我们还要等多久？我跟你说过这事很紧急。我跟你说过我就要走了。但是现在你还是没有翻译好那封匈牙利公司寄来的信！"

莱夫·艾芬迪立刻从椅子上站起来，回答道："我已经翻译完了，先生！是女士们没时间给我打印。她们手上还有其他工作要做！"

"我不是告诉过你这封信要放到其他工作之前吗？"

"对，先生，我也是这么告诉她们的！"

哈姆迪再次抬高了嗓门："别在这儿跟我无理取闹，做好你自己的事！"他出去的时候用力摔上了门。

莱夫·艾芬迪也跟在他身后出去了，他要去再求一次那些打字员们。

而我则在想着哈姆迪，在这整场闹剧里他连看都没看我一眼。很快，这位德语翻译回来了，再次把头埋在了桌前。他那一如既往的淡定令我既震惊又生气。他拿起一支铅笔，开始在纸上涂涂抹抹。他不是在写字，他是在画画。但他画画的样子却并没有流露出愤怒之人常有的不假思索。我能看到，在他那金色的胡子下，一抹胸有成竹的微笑正挂在他的嘴角上。他的手迅速在纸页上移动着。他不停地眯起眼睛，好看清纸上的图案。从他自信的笑容上，我看出他对自己的画作很满意。终于，他放下了铅笔，仔细地研究着纸上的东西，而我则在一旁毫不掩饰地打量着他。但此刻他脸上的表情却像是在为谁默哀一般。我十分惊讶，也愈发好奇。我忍不住了。我正要站起身，他忽然也从椅子上站了起来，又出门去找那些打字员了。我扑到他的桌子上拿到了那张纸，然后我愣住了。

眼前是一幅哈姆迪的速写画，大概手掌大小。仅通过几笔娴熟的勾勒，他便抓住了哈姆迪的特点。或许换一个人便不会看出其中的相似之处；又或许，细究起来，这些相似之处便会淡去。但我亲眼看见了哈姆迪在这个办公室里咆哮的"盛景"，不可能认错他。画上，他的嘴张成一个长方形，像动物一样怒吼着，说不出有多粗俗。两条短短的横线构成了一双眼睛，从中我能看到那渴望把别人生吞活剥的怒火和无法达成这一目的的挫败感。鼻子压在脸上，让他的样子显得更加粗野……是的，这就是那个几分钟前才冲进过这里的男人，或者说，这就是他灵魂的模样。但令我哑口无言的却并不是这幅画。自从好几个月前进入这家公司以来，我就一直在心中暗自揣摩着哈姆迪其人。有时我会为他找借口，但大多数时候，他在我眼里都算不上是一个好人。在这个位高权重的人身上，我再也找不到老朋友的影子，久而久之，两个形象便都从我的视线中淡去了。但现在，莱夫·艾芬迪只用寥寥几笔便完全概括了他整个人的特质，而我却无法以同样的方式来看待哈姆迪。他粗鲁低俗的表情下藏着某种可悲的东西，某种介于残忍和可怜之间的东西，这样精准的捕捉，我再也没有在其他画作中见到过。十年来，我第一次看清我的这位老友。

与此同时，我忽然透过这幅画认识了莱夫·艾芬迪。现在我终于能够理解他那不可动摇的平静和他对建立社交关系的抵触了。毕竟，像他这样一个对周边的环境如此了解，对他人的观察如此细致的人，又怎么会因为这些而生气或激动呢？像他这样的人，在面对狭隘的攻击时，除了如顽石般死守阵地外，又能怎么办呢？渴求，失望，震怒——当不可理喻的意外情况发生时，我们便屈服于这样的情绪。但这样一个已经洞悉了人性，又对万事都做好了准备的人，难道还有可能像这样屈服吗？

莱夫·艾芬迪身上又有吸引我的东西了。在我看来，他还有很多矛盾是这幅画无法解释的。这幅画作的笔触十分专业，需要多年的练习才能达到。画这样一幅画，只有一双洞若观火的眼睛是不够的，还需要可以用精致而优美的线条描绘万物的技巧。

门开了，我急忙把速写画放回桌上，但还是晚了一步。莱夫·艾芬迪拿着他翻译的那封匈牙利公司寄来的信，穿过办公室走了过来。我带着歉意说道："画得真好。"

我以为他会惊慌失措，可能还会担心我出卖他，但他什么也没有表现出来。他一如既往地挂着一抹若有若无的客气微笑，从我手里拿走了那幅速写画。

"我有段时间对艺术很感兴趣，不过也是很多年前的事了，"他说，"每隔一段时间我就会画点什么，三天不练手生嘛……您也看到了，就是些没什么意思的小玩意，打发时间而已……"

他把速写画揉成一团，扔进了废纸篓里。

"打字员打得很快，"他嗫嚅道，"可能有些录入错误，不过我也不能坐下来检查，不然哈姆迪先生肯定会更生气。而且他说得也对……最好还是现在给他拿过去。"

说完，他便离开了办公室。我的目光追随着他的身影。"而且他说得也对，"我低声重复道，"而且他说得也对。"

从那天起，我对莱夫·艾芬迪的一举一动都充满了好奇。我渴望了解真实的他，一有机会就找他攀谈。对于我突如其来的热情，他没有表现出任何怀疑的样子。虽然他对我十分彬彬有礼，却总是保持着一定的距离。表面上我们似乎成了朋友，但他其实从没跟我说过心里话。而我，在拜访了他的家人，并且直观地认识到他们施加在他身上的责任后，对他愈发感兴趣了。我越是靠近他，他带给我的疑惑就越多。

在他某次常规的病假期间，我第一次上门拜访了他。当时有一封信必须在第二天翻译好，哈姆迪便打算派秘书给他送去。

"给我吧，"我说，"这样我也有机会认识一下他的家人。"

"好主意。既然你都去了，就顺便看看他究竟哪里出了毛病。这次他真是过分了！"

确实，这次病假属于他请得稍长一点的那种。他已经有一周没来过办公室了。一位门房告诉我，他家在伊斯梅特帕萨区。当时正值深冬，我穿行于狭窄的街巷之中，夜色渐渐深沉，破旧的人行道和安卡拉的柏油马路之间仿佛隔了一整个世界。地面起起伏伏，崎岖不平。我走了很久，似乎已经来到了城市的边缘，这时我往左拐了个弯，走进了街角的一家咖啡店里打听莱夫·艾芬迪的详细地址。我的目的地是一栋黄色的双层小楼，它独自立于一块铺满沙石的空地上。咖啡店的人告诉我，他就住在一楼。我按响了门铃，开门的是一个十二岁左右的姑娘。我说我是来见她父亲的，她听了略微夸张地噘了噘嘴，做了个鬼脸。

"请进。"她说。

房子内部和我想象中的完全不同。门厅似乎被改为了餐厅，里面放着一张很大的折叠桌，边上则是一个摆满了水晶制品的玻璃柜，地上还铺着一块上等的锡瓦斯①地毯。厨房

① 土耳其中部城市，地毯为当地重要特产。

就在餐厅旁边，里面传出阵阵菜肴的香味。那个姑娘带着我走到了客厅，这里的装潢也十分雅致，甚至算得上奢华。红色的天鹅绒扶手椅、胡桃木的矮茶几，旁边还放着一台巨大的收音机。每张桌子和每把椅背上都盖着精致的米黄色蕾丝布，一块轮船造型的牌匾挂在墙上，上面写着一句祝福语。

几分钟后，小姑娘端着咖啡回来了。她脸上仍然带着嘲讽的微笑，一副被宠坏了的样子。她再次回来的时候收走了我的杯子，说道："我爸爸现在不舒服，先生。他起不了床，请您进去看他。"她说话的时候眼角眉梢似乎都在暗示，我其实配不上这么礼貌的待遇。

我走进莱夫·艾芬迪躺着的房间，又一次被震惊了。这里和房子里其余的部分没有丝毫的相似之处。这个小小的房间里放着一排白色的床，更像是寄宿学校的宿舍或者医院的病房。莱夫·艾芬迪戴着眼镜坐在其中的一张床上，努力起身和我打了招呼。我想找个地方坐下，但目之所及的两把椅子上都堆着羊毛毛衣、长筒女袜和随手扔下的丝绸裙子。墙边放着一个紫红色的衣柜，里面塞着胡乱挂上的裙子和西服，还有一些打成结的袋子。这里简直乱作了一团。床头柜上，一只脏汤碗放在一个锡盘上，里面显然是吃过午餐后留下的痕迹。旁边还摆着一只水壶和一大堆各种各样的药物，有瓶装的，也有管装的。

"我的朋友，来这儿坐！"他说着，指了指他的床尾。

我照做了。他穿着一件亮色的女士开襟毛衣，手肘上破了几个洞。他的头靠在白色的铁质床架上，衣服则挂在床架的另一头。

这位一家之主看见我正打量着整个房间，感到有义务要为我解释一下："我和孩子们睡一间房……他们总爱搞得乱七八糟的……毕竟我们家也不大，大家只能挤着住。"

"你家人丁很兴旺吧？"

"是啊！我的大女儿正在上高中，还有个小女儿，就是您刚才看见的那个。家里还有妻妹和她丈夫，我的两个内弟……我们都住在一起。妻妹还有两个孩子。在安卡拉找房子有多难，你也是知道的。要是分开住，我们根本撑不下来。"

这时门铃响了，家里随之一阵骚动，我猜应该是他们家里的某个人回来了。过了一会儿，门开了。一个大概四十岁的女人走了进来。她已经发了福，一头短发盖住了脸颊。她走到莱夫·艾芬迪身边，低声对他说了些什么。他还没来得及回答，她就用手指了指我。

他介绍我们认识。"这位是我在公司的朋友，"他先说道，然后又说，"这位是我的爱人。"

接着他转过头对他妻子说："就从我的上衣口袋里拿吧！"

这次她没有靠近他窃窃私语。"哎呀，我又不是来要钱的！谁去买面包呢？你还躺在床上呢！"

"让诺藤去吧。来回就几分钟。"

"这么小的孩子，大晚上的怎么能让她去？外面那么冷，她又是个姑娘家。就算我让她去，你觉得她会听吗？"

莱夫·艾芬迪想了想，然后像是下定了决心，点了点头："就她去，就她去吧！"说完又继续看着前方。

他妻子离开房间后，他对着我说："在这个家里，连买个面包都成了难题。我要是病了，他们就找不到人差遣了！"

我感到自己有责任多问两句："您的内弟年纪都还小吗？"

他看着我，没有回答，好像没有听见我的问题似的。但几分钟后他开口道："不，完全算不上小了！两个人都已经上班了，和我们一样，都是职员。我内弟的姐姐安排他们进了经济事务部。但他们连一张中学毕业证都没有！"

说到这里他突然停了下来，问道："有什么东西需要翻译吗？"

"对，他们明天就要。明天早上门房会过来取。"

他拿过文件，放到了一边。

"我很担心您的病情。"

"谢谢……病了很久了，实在不敢起身！"

他的眼睛里闪烁着奇怪的光芒，仿佛正在试探我是否还对他抱有兴趣。我已经准备好大费一番口舌，告诉他我还有，因为这是我第一次在他眼中看到一点点激动的神情。但很快，他又挂上了从前那种麻木且空虚的微笑。

我叹了口气，站起了身。

忽然，他从床上坐起来拉住了我的手，说："谢谢你来看我，小伙子！"

他的声音里有着一阵暖意，好像他完全理解我此刻的感受一样。

确实，那次见面后我们变得亲近了一点。我不会贸然说他自此待我的态度不同了，也从没觉得他喜欢我陪着他，或者对我敞开了心扉。他仍然安静内敛，一如往常。有那么几个傍晚，我们一起离开办公室，一直走到他家。有时我会跟他进去，在摆着红椅子的客厅里喝杯咖啡。但我们在这种时候只会谈一些无关紧要的事——在安卡拉生活的花销有多大，伊斯梅特帕萨区的路况有多糟糕之类的。只有在极少数的时刻，他才会提到他的家人或者孩子。偶尔他会说一句"我女儿的数学又没有考好"，但说完也就开始聊下一个话题了。我无心打探他的家庭情况，毕竟在初次见面后，我对他的家人也没有留下什么好印象。

那天我离开这位病人的房间，穿过走廊，发现那里挤着两个大概十五六岁的男孩和一个差不多年纪的女孩。三个人还没等我转过身，就开始迫不及待地嬉笑起来。我知道我的外表没有什么好笑的，但像他们这种没头脑的青少年却总爱取笑别人，装出一副煞有介事的样子。连小诺藤也得通过模仿他们的举止才能被他们接受。后来我去他家时，也总会看到这种情景。我自己也才二十五岁，还是个年轻人，但即便如此，这些和我同龄，甚至比我年纪还要小的人身上的这种习惯，仍然令我感到厌烦：每当初次见到一个陌生人时，他们总会毫不掩饰自己的好奇心，死死地盯着别人，好像他们从没见过这样的玩意似的。我很清楚，莱夫·艾芬迪的家庭生活毫无乐趣可言。他们待他就像对待一件一次性用品一样，仿佛他是一个多余的人。

再往后，我去他家的时间多了，也得以更加了解这些孩子。说到底，他们其实并不坏，他们只是头脑空空、蒙昧无知而已。这也是为什么他们会那么粗鲁无礼。正是因为他们内心深处的空虚，他们才会去嘲笑别人、贬低别人、作弄别人，这是唯一能让他们感到满足的事，也是他们知道的唯一确认自我的方式。我听过他们的聊天内容。维达特和兹哈特是经济事务部最年轻的职员，但二人却只知道整天指责其他同事。而莱夫·艾芬迪最大的女儿妮可拉则每次张口都在批评她的同学。他们永远都在嘲弄别人走路的样子或穿的衣服，哪怕他们自己其实也半斤八两。

"你看见穆拉穿去参加婚礼的那件衣服了吗？哈哈哈……"

"你该看看那女的是怎么嘲笑咱们的奥尔罕的，哈哈哈。"

再说说莱夫·艾芬迪的妻妹绯红德·哈尼姆。她的人生只有两个目标：一是照顾自己那仅有三岁和四岁的两个孩子；二是将孩子扔给她姐姐照顾，自己则化上浓妆，再套上一条丝绸裙子，然后一头扎进夜色之中。我们没见过几次面，一天我正好碰见她站在餐厅里，披着一头染成浅色的波浪式长发，对着柜子上的镜子戴羽毛帽。她还不到三十岁，但唇边和眼周已经染上了皱纹。一双不安的蓝眸子透露着她内心的躁动，仿佛她生来便是如此。她的孩子们脸色总是不太好看，又不修边幅，全身脏兮兮的。她总爱骂他们，好像把他们看作某个邪恶的仇敌施加在她身上的惩罚。每天出门前，她都不得不躲避他们肮脏的双手，不让他们玷污她的华服。

至于绯红德的丈夫努瑞汀先生，他也供职于经济事务部，是部门主任——这人不过是哈姆迪的翻版罢了。他才三十出头，却总爱把一头黑色的鬈发往后梳，看上去就像是理发师胖乎乎的助手。他这种人哪怕仅仅是问一声"你好吗"，点头的样子也仿佛是给了对方多大的恩惠似的。要是有人跟他说话，他便会死死地盯着别人，露出的微笑就像在说："你废什么话？别在这儿不懂装懂。"

他从职业学院毕业以后，出于某种原因被送到意大利学做皮革生意，但他在那儿学到的其实只有一口吞吞吐吐的意大利语，还有大人物身上那种装腔作势的做派。除此之外，他还创立了一门自己的成功学。首先，他认为自己理应被当作上层人士来对待，因此他事事都要发表一番一知半解的评论，无论自己对于实际情况的了解究竟有多少。通过贬低其

他所有的人，他终于让他们相信自己确实颇有真知灼见。在
我看来，这个家里的孩子们就是从他们的姨父身上习得的这
同一种怪癖，因为他们都非常仰慕他。其次，他总在穿着打
扮上花很多心思，不仅每天都要刮脸，还一定要把他那些窄
腿长裤熨得服服帖帖，每到周六便投身于购物的漫漫征途，
四处搜寻最时髦的鞋子和最漂亮的袜子。我后来才知道，他
的薪水全花在了他自己和妻子的衣服上。莱夫的那两个内弟
每月挣的钱还不到三十里拉，家里所有的费用都只能靠莱
夫·艾芬迪那份微薄的薪水来负担。即便如此，努瑞汀先生
对这位可怜的老人仍然态度恶劣，而且他还总是把家里的其
他人都当作仆人使唤。在如何对待莱夫的妻子——米利耶·
哈尼姆这件事上，他们的态度挺一致。虽然还不到四十，米
利耶却已经又老又胖，身材完全走形，乳房直垂到腹部。她
每天大多数时候都在厨房里忙碌，剩下的一点空余时间又总
在缝补孩子们成堆的袜子，或者照顾她妹妹的那些调皮捣蛋
的孩子。没有一个人帮她，因为他们都觉得她做得还不够
好，而他们理应得到更好的照顾。要是哪天菜肴不够可口，
那场面就难堪了。当努瑞汀先生开口说"亲爱的，你这是什
么意思"时，他声音里的愤怒就好像他给家里贡献了成百上
千的里拉似的。而那两位内弟则会一边戴着他们价值三十里
拉的领结一边说："我不喜欢这个，去给我煎两个鸡蛋！"或
者说："我还没吃饱，去给我弄点香肠！"他们心安理得地把

米利耶·哈尼姆撵回厨房，就算有哪天晚上买面包的钱只差十一库鲁①，他们也决不会掏自己的钱，只会去病床边叫醒莱夫·艾芬迪。就这样他们还嫌不够，还要怪他没能及时痊愈去商店帮他们买东西。

虽然在这个家里，客人难以看到的地方总是一片混乱，但他们家的走廊和客厅却收拾得井井有条，这都是妮可拉的功劳。家里的其他人也总会努力维持这种假象，尤其是他们的朋友来访时。

他们一起承担家具上的开销，分期付款使得大家的手头又紧了一点。但现在，他们的家里已经布置好了一套红丝绒沙发，足以令他们的客人拍手惊叹，还有一个十二阀的收音机，声音大得整个社区都听得见。他们的玻璃柜里还放着一套镀金的水晶酒具，它们曾多次给努瑞汀先生邀请来家里喝拉克酒的朋友们留下深刻的印象。

虽然家里的费用都是莱夫·艾芬迪在负担，但他本人在不在场却似乎并无区别。家里的每个人，从最老的到最小的，都认为他可有可无。他们跟他说自己需要什么，在钱上遇到了什么问题，但除此以外也没有别的了。大多数情况下，他们更愿意和米利耶·哈尼姆谈谈。每天早上，他们给莱夫塞上一张长长的购物清单便把他撵出门，而到了傍晚他便会抱着满怀的东西回家。五年前，努瑞汀先生还在追求绯

① 土耳其曾经通行的货币，1 里拉等于 100 库鲁。

红德·哈尼姆时，他对莱夫·艾芬迪尤其上心，总在扮演完美的追求者角色，每次来拜访时也都不忘带上一点礼物，讨好他未来的姐夫。但现在，他却表现得仿佛羞于和这样一个无足轻重的人住在一起。他们既恨他挣得不够多，不能承担他们渴望的荣华富贵，同时又认为他毫无价值，完全是个小人物。也许是被长辈们的态度所影响，连妮可拉这样似乎多少有点头脑的人和诺藤这样还在上小学的孩子，对此也持同样的看法。无论他们对莱夫·艾芬迪表现出什么样的感情，这种感情也很快会像一件无聊的琐事般被冲刷殆尽；而他生病的时候，他们则都染上了一种只有对乞丐才会产生的虚假的同情。虽然米利耶·哈尼姆早已被这种不知感恩又永无止境的索取碾成了碎片，只能勉强维生，但她也是唯一一会为他付出时间，尽自己所能让他不至于被自己的孩子轻视的人。

晚上家里要是来了客人，她便会担心努瑞汀先生或者她的两个弟弟会当着客人的面嚷嚷"让姐夫出去买点东西回来"之类的话，只好自己把丈夫拉到卧室里，换上一副亲切的口吻说："你出去买八个鸡蛋，再买瓶酒回来吧。别耽误他们陪客人了。"但她却从没有问过自己，为什么不该由她的丈夫去陪客人。或者，为什么他们不能坐到餐桌旁，为什么大家待他们总是如此鄙薄无礼——虽然她自己可能也从没注意过这一点。

莱夫·艾芬迪对她倒是充满了奇怪的柔情，仿佛他也在同情这个常常一连几个月都穿着家居服的女人。不时地，他会问她："你还好吗？今天很累吗？"

有时他也会把她带到一边，和她谈谈孩子们的成绩，谈谈迫在眉睫的节日开销该如何解决。

但除她以外，他再也没有表现出对家里其他的人有任何的感情羁绊。有时他会盯着他的大女儿，好像在期盼着她会对他说点什么甜蜜温暖的话语。但这种时刻总是很快就会过去，仿佛这个女孩随便一个无意识的动作便能让他想起他们之间那无法跨越的鸿沟。

这一切都让我疑虑重重。虽然我并不了解莱夫·艾芬迪的真面目，但我十分确定他绝不像表面上看起来那么简单。我觉得像他这样的人并不会主动逃避他最亲近的人。说到底，应该是他自己不想要身边的人了解他才对，而且他又无论如何都不是那种会尽力展现自己的人。他们之间的坚冰永远也不会融化，而那种将他们隔开的疏远也永不会消散。互相了解是一项艰巨的任务，谁都难以下手，所以他们还是更愿意就这么盲目地漫游于世，只在冲突时才注意到对方的存在。

就像我之前提到的，莱夫·艾芬迪对他的大女儿妮可拉仍然心存期盼。这姑娘对她那位浓妆艳抹的小姨总是亦步亦趋，又总爱把她的姨父当作精神导师。但在她厚重的硬壳之下，却似乎仍然残留着一个真正的人的痕迹。要是她妹妹对她们的父亲不敬，她便会对她大加责骂，语气中有时甚至带着真正的愤怒。如果在饭桌上或者卧室里有人对莱夫·艾芬迪嘲弄过了头，她也会怒气冲冲地摔门而去。但她这么做，无非只是为了让她心里那个真正的人偶尔出来透透气罢了。她虚假的自我经过多年耐心的培育已经完全成熟，足以压制她真正的自我。

可以说我是年少轻狂，但莱夫·艾芬迪在面对这一切时那可怕的沉默常常会令我生气。无论是在家里，还是在办公室，他不仅默默地忍受了这些和他毫无共同点的人肆意的嘲弄，甚至似乎还主动认同了他人的轻视。我完全清楚，那些被周遭误会和错待的人常常都会为自己的困境感到骄傲，甚至还能在其中找到乐趣，但我从没想过他们有一天也会去主动赞同别人的看法。

根据我对他的观察，我知道他不是一个会麻木自己的感情的人。恰恰相反，他谨慎又敏感，很容易受伤；他明察秋毫，什么都逃不过他的眼睛。有一次他听见他的女儿们为该由谁给我端咖啡而吵个不停，当时他什么也没说，但十天之后我又去他家，他便对她们说："不用给他端咖啡了！他不想喝！"

这样，他避免了又一次的纷争，也让我知道了这件事让他有多难过。通过这样的方式，他对我敞开了心扉。从那时起，我便感到我们之间亲近了许多。

　　我们仍然只是谈一些无关紧要的事情，但我已经不再为此而困惑了。我们一起沉默，一起目睹他人的缺陷，一起观看他们的粗野，难道这样的快乐还不够吗？当我们肩并肩走在路上时，我感受到的不正是他那深刻的人性吗？直到现在我才明白，为什么人们并不总是通过言语来寻找同伴、达成理解，为什么有的诗人会如此大费周章地寻找能够像他们一样在默默无语中沉思自然之美的同类。虽然此刻我并不清楚这个走在我身边的人究竟能教给我什么，但我确定，我在他身上学到的东西必定胜过多年的拜师学艺所得。

　　而且我相信他也对我很满意。和在人前不同，他不再如我们第一次见面时那么羞怯踟蹰。但他仍然不时地表现出一种孤独：那种时候他总会眯起眼睛，面无表情，要是有人和他说话，他虽然仍会认真地回应，但声音里却透露着一种拒人于千里之外的冷漠。有一天他甚至连翻译也不做了。他就这么坐了好几个小时，死死地盯着眼前成堆的文件。他看上去仿佛钻进了另一个时空，另一个只属于他自己的地方，无论我做什么也无法把他带回来。我的心常常因此而充满恐惧，这听上去有点奇怪，但每次一出现这种情况，莱夫·艾芬迪就会生病。很快，通过某种令人痛心的方式，我了解了其中的缘由。

　　二月里的一天，莱夫·艾芬迪没有来上班。当晚我去了他家，开门的是米利耶·哈尼姆。

"是您啊!"她说,"快请进吧。他迷迷糊糊地刚睡着,但您要是想见他,我这就去把他叫醒。"

"不用麻烦了,"我说,"别把他吵醒了。他怎么样?"

"发着烧。这次还说全身都疼。"接着,她用抱怨似的语气补充道,"他就是不会照顾自己,可怜的人……他本来好好的,我也不知道为什么……他又不跟我们说话,自己就到街上乱晃,结果又病了……只能病倒在床上。"

话音刚落,我们便听到莱夫·艾芬迪在隔壁房间里的呼唤声。她立刻冲了进去。我不知该对她的话做何感想。莱夫小心翼翼地守卫着他的健康,一层又一层地裹上羊毛背心和毛衣,他怎么可能犯这种糊涂?

米利耶·哈尼姆又回来了。"原来是被门铃吵醒了。您进去吧!"

这一次,莱夫·艾芬迪完全是一副垂头丧气的样子,面色发黄,呼吸急促。他惯常的那副孩子气的微笑在我眼里似乎只是在勉强拉扯着脸上的肌肉。镜片之下,他的眼神比以往更加空洞。

"莱夫先生,您这是怎么了?真希望您能快点好起来。"

"谢谢!"

他的声音有些嘶哑,一咳嗽,胸膛便不断地起伏,胸腔里咯咯作响。

我压抑不住好奇心,于是问道:"您这次怎么会感冒呢?

我猜您是着凉了吧。"

好一会儿，他只是盯着床上的白床单。他妻子和孩子们的床中间勉强塞进了一个铁制火炉，烤得房间暖融融的。但我眼前的这个男人看上去却还是十分怕冷。他把毯子拉到下巴上，说："对，就是着凉。昨晚吃过晚餐，我出去走了走……"

"您去哪里了？"

"哪里也没去。我就是想散散步。我也不知道为什么，可能就是有点烦闷。"

听见他承认自己难过，我吃了一惊。

"我走得太远了，都到农学院那边、卡西沃伦的山脚下了。当时走得快吗？我也不知道。我只觉得热，就解开了外套。夜里风大，又有点下雪。可能就这么着凉了吧。"

在风雪交加的夜晚，一连几小时行走在荒凉的街道上，还把胸口暴露在寒冷中——这可不是我认识的莱夫·艾芬迪。

"您是因为什么事情难过？"我问。

他急匆匆地回答："什么事也没有，朋友。我时不时地就会这样，忽然就想在夜里走走。谁知道呢？可能是家里太吵了吧！"

说到这里，他可能觉得自己说得太多了。"人上了年纪就是会这样，怪不得孩子们。"他补充道。

门外人声嘈杂。年纪稍长的姑娘放学回来了，走进来亲了亲她父亲的脸颊。

"您感觉怎么样，爸爸？"

接着她转过身来握了握我的手："先生，他总是这样……
每过一阵子他就会心血来潮，说他要去咖啡店里。他可能就
是在咖啡店里受了凉，也可能是在回来的路上，反正就这么
病倒了。我都数不清有多少次了……真不知道那家咖啡店究
竟是怎么回事！"

她脱下大衣，扔到一把椅子上，然后离开了房间。莱
夫·艾芬迪看上去似乎已经习惯了这样的行为，没觉得有什
么大不了的。

我看着这个病人的脸。他也转过头来看着我，在那双眼
睛里我没有看见光亮，也没有看见惊讶。我不知道他为什么
要对家人撒谎，更不知道他为什么独独告诉我真相。但我对
此感到骄傲：我比其他任何人都要亲近他。

从他家出来后，我往回走去，思绪万千。要是莱夫·艾
芬迪只是一个普通人呢？要是他内心其实空空如也呢？显
然，他没有目标，也没有激情，他和任何人都没有联系，甚
至和最亲近的人也是如此……那他的人生究竟在追求什么？
难道将他送上夜色中的大街的，正是这种深藏于内心的空
虚，这种漫无目的？

这时我已经来到了暂居的旅馆楼下。我和一个朋友一起
住，房间很小，只够放下两张床。才晚上八点，我一点也不

饿，想着干脆回房间去读会儿书，但很快我就放弃了。这个点，一楼的咖啡店正把留声机的声音开到最大，隔壁那位在俱乐部里上班的叙利亚女人也正一边穿演出服，一边尖着嗓子唱阿拉伯语歌。所以我调了个头，沿着柏油路向卡西沃伦的方向走去。一开始，马路两边只有一些修车厂和破旧不堪的咖啡店。接着，右边起伏的山坡上出现了栋栋房屋，左边的洼地则是一些公园，里面种满了光秃秃的树。我竖起了衣领。风又猛烈又潮湿。忽然，一阵通常来说只有在醉酒后才会出现的冲动席卷了我：一直走，一直向前奔跑。我感到自己仿佛可以就这么接连几小时甚至几天地走下去。我迷失了方向。我已经走了很远。风更大了，它推搡着我的胸膛，让我在与它的斗争中继续前行，愈发畅快。

忽然之间，我开始思考我为什么会在这里……我并没有决定要来这里，我只是迈开了步子。路旁的大树在风中哀号着，云朵在头顶上方飞速移动。山上黑色的悬崖仍然依稀可见，向悬崖冲去的云朵将自己的一部分留在夜空之中。我闭上眼睛，呼吸着潮湿的空气。再一次地，我问自己：为什么要来这里？风和前一晚并无不同，也许还即将下起小雪……就在前一晚，另一个人也曾来到同样的地方，戴着一副起了雾的眼镜，手里捏着帽子，外套敞开，在这同样的夜色中由徐徐行走转为一路狂奔……风揉乱了他剪得短短的头发，但谁又能说他那狂热的头脑因此而冷静了呢？他的脑袋里究竟装着什么？究竟是什么力量将这样一副头脑，这样一个病人，这样病弱的身躯，带到了这个地方？我试图去想象，想象莱夫先生是如何独自穿过浓重冰冷的夜色的，想象他的表情又是如何变化的。现在我懂得了那个将我带到此地的力量：在这里我可以更加了解他，可以更加深入地了解他的思想。但此刻我能感受到的，却只有拨弄着我的帽子的夜风；我能看到的，只有随风呼啸的树木，还有在夜空中不断变化着形状疾驰的云。哪怕我们站在同样的地方，我也不能像他那样生活。只有我这样天真又自以为是的人，才会认为这种事情真的有可能发生。

我急匆匆地回到了旅馆。咖啡店的留声机安静下来了，那个叙利亚女人也不再歌唱。我的朋友正躺在床上看书，他抬起头看了我一眼，问道："怎么回事？今晚去纸醉金迷了一把？"

人们在评判他人时多轻率啊！但我却仍然如此执着地想要洞察他人的思绪，想要发掘那个深埋的灵魂，想要看看他的内心究竟是平静还是骚动。因为，哪怕是最可悲、最愚蠢的人都有可能让我们惊讶，哪怕是一个傻瓜也可能怀有一颗饱受折磨的心。既然如此，为什么我们会如此愚钝？为什么我们会认为了解和评判他人是世界上最简单的事？即便是对一块芝士，我们也不会第一次品尝便贸然做出评价，但为什么对于第一次见到的人，我们却总爱立刻下个结论，并从此不愿再更改？

我很晚都没有睡着。我一直在想莱夫·艾芬迪，想着他现在正发着高烧躺在白色的床单上，他的女儿们年轻的肉体和妻子劳累的四肢散发出的气味塞满了整个房间。他虽然双眼紧闭，但谁又能确定此刻他的灵魂正徜徉于何处……

这一次，莱夫·艾芬迪的病一直不见起色。这不再如他平常感冒那么简单了。努瑞汀先生请来了医生给他开了些药。我每隔两三天就会去一次，每次去都发现他的病情似乎又加重了一点。但他本人却好像并不担心，一副满不在乎的样子。也许他只是想让家人放心吧。但是米利耶·哈尼姆和妮可拉的表现却与他大相径庭。她们寝食难安。多年来，他的妻子操持着繁重的家务，似乎已经忘记了该如何思考：她茫然地穿行在不同的房间里，用芥末酱给他揉背时，要不忘了带毛巾，要不就忘了拿盘子；她随手把东西放到其他地方，要用时又来来回回地到处找。直到现在，我仍然记得她光脚穿着那双扁平的旧拖鞋四处走动的模样，仍然能感受到她那乞求的目光。妮可拉也像她妈妈一样难过又失落。她不再去学校，只是待在家里陪着她的爸爸。我每次傍晚去探望病人时，都能看到她睁着一双红肿的眼睛，我知道她肯定一直在哭。但是莱夫先生却似乎觉得她们很烦人。房间里要是只剩下我们俩，他便会向我抱怨家里的情形。有一次他甚至说："真怪了！这两个人到底怎么回事？我是要死了吗？要是我真死了呢？她们又在乎什么？我对她们来说算个什么？"

过了一会儿，他的声音愈发苦恼，甚至带上了一丝残酷："我对她们来说什么也不是……从来都如此。这么多年了，我们一直住在同一个房子里……但她们连一次也没有想过，这个和她们一起生活的人究竟是谁……现在倒是担心起我的死活了……"

"莱夫先生！您别说了！"我大叫道，"您这说的是什么话！确实，她们好像是太焦虑了一点，但这么说您的太太和女儿也不对啊！"

"对，她们是我的太太和女儿。但也就这样了……"他转过了头。他的话令我十分疑惑，但我也不敢多问。

为了恢复家中的宁静，努瑞汀先生请来了一位内科专家。这个人仔细检查后，确诊了病人患的是肺炎。看到大家担心的模样，他说道："各位听好啊，他得的不是什么严重的病。他的抵抗力很好，心脏状态也正常。他会恢复的。只不过一定不能再让他受凉了。其实最好是把他送到医院里！"

听到要送医院，米利耶·哈尼姆再也控制不住，瘫倒在门廊里的一把椅子上，啜泣起来。努瑞汀先生皱起脸，一脸自尊受挫的样子。"这是什么道理？"他说，"家里肯定是比医院里照顾得好的！"

医生听了耸耸肩，走了。

一开始，莱夫·艾芬迪其实更想进医院，他说："至少在那儿我能自己静静!"他显然是想一个人待着。但后来看到其他人都反对,他也就放弃了,露出一个毫无希望的笑容,嗫嚅道:"就算到了医院,他们也不会让我安生的!"

在那期间,有一天发生的事我记得尤其清楚。那是周五的傍晚,我正坐在莱夫·艾芬迪旁边的一把椅子上,默默地看着他的胸膛随着喘息而上下起伏。房间里没有其他人。他的床头柜上堆满了药,里面放着一只大怀表,机械的嘀嗒声充斥着整个房间。病人睁开他深陷的双眼,说道:"今天我觉得好多了!"

"当然。您这病再也不会像这样啦……"

这时他却忽然愤愤不平地答道:"是啊,但是这么一来又还要熬多久呢?"

我理解了他话里的意思,心中涌出一阵恐惧。他声音中的倦怠证实了我的怀疑。

"莱夫先生,您能告诉我到底发生了什么事吗?"我问。

他直直地盯着我,说:"好吧。但是意义何在?难道这样还不够吗?"

话音刚落,米利耶·哈尼姆走了进来。她来到我身边说道:"他今天感觉好多了!看来他就快痊愈了,谢天谢地!"

她又转向她丈夫:"我们正要把衣服送去外面洗。你就让这位先生帮你把毛巾带回来吧?"

莱夫·艾芬迪缓缓地点了点头。他妻子翻了翻几个抽屉，然后走开了。病情上小小的起色便能带走她所有的忧虑。现在她又恢复了过去的样子，忙于做家务。就像其他所有头脑简单的人一样，她的情绪可以轻易地由悲伤变为幸福，由兴奋变为平静。也像大多数这个年纪的人一样，她十分健忘。

在莱夫·艾芬迪的眼睛里，我看见了一抹深沉又忧伤的微笑。他朝着挂在床脚上的夹克衫点了点头，说道："右边的口袋里有把钥匙，麻烦您带上，去我的桌旁最上面的那层抽屉里，找到我太太说的那条毛巾……实在是太麻烦您了，但是……"

"我明天就带过来！"

他双眼盯着天花板，很久没有说话。接着，他突然转过脸冲我说："把里面所有的东西都带回来吧！不管找到什么……我太太似乎也知道我是回不了那间办公室了。我是个要上路的人了……"

说着，他把脸埋进了枕头里。

第二天快下班的时候，我走到了莱夫·艾芬迪的桌前。桌子有三层抽屉，都在右手边。我先打开了最下面的两层，一层是空的，另一层则装满了纸页和翻译草稿。接着我把钥匙插进了最上面那层抽屉，这时我忽然感到一阵凉意。我意识到我正坐在莱夫·艾芬迪在上面工作了多年的椅子上，重复着他每天都要做好几次的事。我很快打开了抽屉，发现里面几乎空无一物，只有一条脏兮兮的毛巾，一块裹在报纸里的肥皂，一个饭盒盖子，一把叉子，还有一把辛格牌的螺纹小刀。我迅速把这些东西收好，站起来合上了抽屉。但我又想到应该再确认一下没有遗漏，于是再次把抽屉拉开，伸手往里面摸了摸。在抽屉的最深处，我摸到了一个似乎是笔记本的东西。我把它拿出来扔到袋子里，拎着这堆东西匆匆出了门。我不停地想，也许莱夫·艾芬迪再也不会坐到那把椅子上，打开那个抽屉了。

到他家的时候，我发现里面一片混乱。开门的是妮可拉，她看见是我，便摇摇头，说道："别问了！"我现在已经成了这个家庭的一员，没人把我当外人。这个年轻的姑娘继续说："我爸爸的病情又恶化了！今天都发作两次了。姨父请了医生，现在正在里面给他看病，给他打了一针……"说完，她向病人的房间跑去。

我没有跟着她进去，而是坐到了门廊里的椅子上，把袋子放到了脚边。虽然米利耶·哈尼姆出来了好几次，但我实在无颜上前去把这些小东西递给她。那个房间里，有一个人生死未卜，要我这个时候把这条脏毛巾和这把旧叉子给他的家人，怎么说都不合适。于是我站起身绕着那张大餐桌踱步，无意间瞥了一眼玻璃柜上面的镜子，吓了一跳——我的脸色看上去十分蜡黄。我的心开始怦怦直跳，生与死之间的挣扎令人恐惧。他身边有妻子，有女儿，还有其他亲人，我无权比他们还要悲痛。

这时我发现客厅的门敞开了一条缝，我的目光被吸引了过去。里面坐着莱夫·艾芬迪的两个内弟——维达特和兹哈特。他们心烦意乱，明显正为了不能出门而生闷气。诺藤坐在扶手椅里，脑袋埋在手臂里，不知是在哭还是在睡觉。莱夫·艾芬迪的妻妹绯红德坐在不远处，抱着她的两个孩子。她正努力让他们安静下来，但她的一举一动却似乎都在向大家表明她并不擅长安慰小孩。

病房的门开了，医生和努瑞汀一前一后地走了出来。虽然努瑞汀对莱夫·艾芬迪总是漠不关心，但现在他看上去也并不是太高兴。

"他身边一定要有人看着，"医生说，"如果他又犯病，要记得给他打一针。"

努瑞汀皱了皱眉："他现在情况危险吗？"

医生只说了一句所有处于这种情况中的医生都会说的话："很难说。"

为了避免被进一步询问，也为了躲开病人妻子的骚扰，医生很快披上了外套，戴上了帽子。他伸手接过努瑞汀先生给的三个里拉银币，撇撇嘴，走出了门。

我慢慢走向病房，朝里面望了望。米利耶·哈尼姆和妮可拉正站在莱夫·艾芬迪身边，担忧地看着他。他双眼紧闭。那个年轻的姑娘看见我，便招招手，示意我进去。她和她母亲似乎都想看看我见到朋友时会如何反应。意识到这点后，我便竭力压抑住自己的感情，只是客气地点了点头，仿佛眼前的景象并没有什么大不了的。接着我又转过身，母女俩正抱作一团。我勉强挤出一个微笑，对她们说："可能就是虚惊一场。老天爷会保佑他快快好起来的。"

我的朋友微微睁开了眼。有那么一会儿，他看着我，却没有认出我是谁。接着，他吃力地面向他的妻子和女儿，吐出几个没什么实际意义的词。他的脸皱成一团，用手指了指什么东西。

妮可拉走到他身边："爸爸，您想要什么？"

"出去，现在。去外面待会儿。"他的声音虚弱又嘶哑。

米利耶打了个手势，示意我和她们一起出去。但病人却伸手抓住了我的手腕，说道："你留下！"

他的妻女都很惊讶。

"小心点，爸爸！毯子要盖住手！"

莱夫·艾芬迪着急地点点头，好像在说："我知道了！我知道了！"他又一次示意她们出去。

接着他指了指我手里提着的袋子，这时我已经完全忘了里面的东西了。"您把所有东西都带来了吗？"

一开始我只是看着他，没明白他的意思。也许我是在想，他为什么那么看重这些破烂？我的朋友仍然盯着我，眼里流露出焦躁。

这时我忽然想起了那个黑色的笔记本。我都没想过要打开来看看，也没想过探究一下其中的内容。在我看来，莱夫·艾芬迪似乎不应该拥有这么一件东西。

我打开口袋，把毛巾和其他的一些东西放到门后的一把椅子上。我拿起笔记本，递给莱夫·艾芬迪："您想要的是这个吗？"

他点点头。

我慢慢地翻开笔记本，渐渐变得好奇起来。本子上本来标明了横格，但字迹却又大又潦草，常常超出线外，似乎写得十分仓促。我看了看第一页。没有标题。右边是一行日期："1933 年 6 月 20 日"。下面一行写着："昨天发生了一件奇怪的事，那段我以为已经遗忘的往事又重新浮现在了眼前……"

接下来的内容我没有看到，因为莱夫·艾芬迪的胳膊从毯子下面伸出来，一把抓住了我的手。"别看！"他说着。他朝房间的另一边点了点头，轻声说道："扔到里面！"

朝着他所指的方向看去，那里有一个烧得正旺的火炉。

"您想把它烧了？"

"对！"

我更好奇了，实在下不了决心亲手毁了莱夫·艾芬迪的笔记本。

"这又有什么好处呢，莱夫先生？"我劝道，"这不是太可惜了吗？这么多年来，这个笔记本一直都是您忠诚的伙伴，毁了它又有什么意义呢?"

"它现在没用了!"他说着，又朝着炉子点了点头，"再也没有什么用了!"

我明白自己是说服不了他了。我感到他早已把那个躲避着我们所有人的灵魂倾注到了纸页之间，而现在，他要带着它一起走。

我看着这个男人。他不愿在身后留下任何东西，越接近死亡，他就越是渴望孤独。我心中充满了无限的悲悯，我和他的联结似乎更加牢固了。

"我明白，莱夫先生!"我说，"我非常理解您。您可以隐瞒自己的一切，您也可以毁了这个笔记本……但是您难道就不能再等一天吗?"

他的目光在向我询问理由。

为了说服他，我又向他靠近了一点。我注视着他的眼睛，希望他能读懂我眼神中的友爱和情谊。

"您就不能多留给我一个晚上吗? 我们已经是老朋友了，但您却从未向我透露过一丝一毫的心事……我想多了解您一点不是很正常吗? 您难道还觉得应该对我有所隐瞒吗? 对我而言，您就是世界上最珍贵的人了……但即使如此，您待我却和待其他人是一样的。您难道打算视若无睹吗? 打算就这么留我独活于世吗?"

我的眼中蓄满了泪水，胸膛剧烈地起伏着，但我仍然不愿停下。这几个月来，我心中的埋怨不断积累，终于在今天决堤而出："可能您确实不该对其他人抱有期待。但是，难道就不能有例外吗？难道不行吗？别忘了，您也是人……您这样也太自私了！"

我停了下来，忽然感到自己不应该这样和一个病入膏肓的人说话。他也沉默了。于是我最后再努力了一把："莱夫先生，请您也理解理解我吧！您的旅程已经快到尽头了，我的却才刚开始。我想要理解人们，更想理解人们究竟对您做了什么！"

"没有！没有！"他说，"没人对我做过什么……什么也没做。什么也没做……一直以来……都是我自己的错……"

忽然他又停下了，下巴垂到了胸口，呼吸急促。显然，刚才的一番折腾让他筋疲力尽。有那么一会儿，我都已经在考虑把笔记本扔到火炉里，然后快快离开了。

但他又睁开了眼睛："没人有错，连我自己也没错！"他说不下去了，开始咳嗽起来。最后，他的目光终于停在笔记本上："你拿去看吧！然后你就什么都知道了！"

我立刻把笔记本放到了我的口袋里，仿佛早就准备好了要这么做似的。

"我明天就把本子带回来，当着您的面烧了它。"我说。跟之前顾虑重重的样子不同，现在他却显得无所谓了。莱夫·艾芬迪耸了耸肩，好像在说："随你的便吧！"

现在我明白了，他已经走得太远，连这本记载着他人生最重要的事件的笔记本也不在乎了。我吻了吻他的手，向他告别。我站起身，他忽然拉住我，先吻了吻我的额头，又吻了吻我的双颊。我抬起头，看见他的眼泪夺眶而出。他无法再隐藏，又不能擦干泪水，只能目不转睛地看着我。见到这样的情景，我再也不能压抑自己的感情，流下了泪水——这泪水是为了最深沉又最难一见的悲伤而流，它悄然无声。我一早就知道，要从他的病榻边离开必定十分艰难，但我从没想过当这样的时刻真的到来的时候，我的痛苦竟会如此强烈。

莱夫·艾芬迪的嘴唇再次颤抖起来。他用极为微弱的声音说道："我们认识了那么长的时间，却从没有好好地对彼此倾诉过……遗憾啊！"说完，他闭上了眼睛。

现在，我们似乎已经在互相告别。为了不让外面等候的人们看见我的脸，我只能急急穿过走廊，冲到门边。走出门外，一阵冷风带走了我眼中的湿意。我呢喃道："遗憾啊！遗憾啊！"

回到旅馆，我的室友已经睡了。我钻进被子里，打开床边的台灯，拿出那本黑色的笔记本，开始阅读莱夫·艾芬迪记录在其中的内容。

048

🖋 1933年6月20日

　　昨天发生了一件奇怪的事，那段我以为已经遗忘的往事又重新浮现在了眼前。现在我明白了，这些回忆从未离我而去……一次偶然的相遇残忍地唤醒了我，将我拽出了过去十年里一直在支撑着我走下去的空洞麻木。这当然不会使我崩溃，也不会是我生命的终结。对于那些看似无法忍受的东西，人们总有一套办法去适应。我也是这样，也将忍耐这一切……但是如何忍耐呢？我看向未来，目之所及却只是受尽折磨的一生。但无论如何，我会找到承受的办法的……这么久不也过来了吗……

　　但我实在无法再对这一切保持沉默。我需要倾诉，这些事，那么多的事……但又能对谁说呢？难道这庞杂的世界上，还有和我一样的漂泊无依的灵魂吗？谁能听我说完呢？我又该从哪里说起呢？我想不起来，过去的十年里我对谁说过真心话。我毫无必要地逃离了社会，毫无必要地赶走了身边的人。但我又能怎么办呢？回不去了。现在说这些也没用了。一切都没有更改的余地了。要是我能用合适的语言，要是我能向他人倾诉……但我怎么才能找到这个人呢？我连要到哪里去找都不知道。哪怕知道，我也不会去找。毕竟，我是为了什么要用这个笔记本呢？要是我心中对此仍然存有一丝希望，我难道还会坐在这里，违背我一生的习惯，写下这些字句吗？但有时候，人确实需要放下肩上的重担。唉，要是我没有撞破真相就好了……也许我还可以像从前一样生活，说不定还能感到一点慰藉……

昨天碰见那两个人时，我正走在大街上。其中的一个我已多年未见，另一个与我更是素昧平生。谁想得到，这样的两个人身上竟有这样一种能够摧毁我的力量呢？

够了！要讲这个故事，就得平静地讲，从头讲起……也就是说，我必须回到十几年前。说得准确一点，十二年，甚至或许是十五年前……重新记起那段回忆。也许这样事无巨细地回忆往事，回想当年我心中的恐惧和那些鸡毛蒜皮的小事，还能还我自由。也许我即将写下的东西并不如我当年亲历的那么痛苦，也许它还能给我带来一点宽慰。也许我会发现，这一切并不如我想象中的那般简单，也不是那般复杂，也许我还会为我心中的激动感到羞愧。也许吧……

我父亲来自哈夫兰，我自己也在那里出生和长大。一开始我在哈夫兰上学，高中时则去了一个小时路程外的埃德雷米特。那时我才十八岁，第一次世界大战已经接近尾声，我应征入伍后还没来得及上战场，各国便已宣布停战。我回到家接着上高中，但没能顺利毕业。我一直就对成绩不怎么上心，再加上当年局势动荡，我早已没了学习的兴趣。

停战以后，所有表面上的秩序也随之消失了。政府停摆，大家各行其是，都没了目标。我们的领土落到了外国军队的手里，忽然之间，一帮匪徒接管了世界，有的又开辟了新的前线迎战敌人，还有的则以抢劫当地的村庄为生。当时有个土匪，大家都把他看作英雄，结果仅仅一周后他就被赶出了村子，最后连尸首都被挂到了村里的广场上。这事就发生在埃德雷米特附近的一个叫作科纳克里的地方。在那样的年代，自己一个人躲起来读什么奥斯曼帝国史或者道德论已经没有意义了。但我父亲在当地算比较富裕的，一定要继续送我上学。那时我的很多同龄人都绑上弹药带，扛起步枪，加入了叛军，最后都落得个被土匪或敌军杀害的下场，父亲也为我的未来感到十分忧虑。而我呢，也不愿就这么无所事事，暗地里早就自己做好了计划。结果没过多久，敌军就占领了我们的村庄，而我成为英雄的梦想也随之化为乌有。

那几个月我一直在随波逐流。我的很多朋友都没了踪影。我父亲决定送我去伊斯坦布尔，但他其实和我一样，对那里一无所知。"去那里找个学校上学。"他当时这么说道，并不了解他的儿子究竟在想什么。虽然我的个性一直都很孤僻，让人难以应付，但我心中却深藏着一种渴望。在学校，我只有一门功课得到了老师的认同——我很擅长画画。我常常梦想着到伊斯坦布尔的美术学院上学。话虽如此，我却从来都爱幻想胜过现实。再加上我又非常害羞，常被人当作笨蛋，自己也因此而常感到挫败。毕竟，对我来说再没有什么比去纠正别人对我的印象更让人恐惧的了。虽然我经常都要为同学犯下的过错担责，但我却从没为自己争辩过一句。每次遇到这种情况，我都只会默默地回家，窝在角落里流眼泪。至今我仍然记得，当年我的母亲乃至父亲都曾把手放到我身上，说："唉，你真的应该生成女儿身的！"最令我愉快的事就是在河边独坐，要不就是坐在公园僻静的角落里，任由思绪蔓延。我的白日梦总和现实格格不入，它们装满了各种冒险和英雄事迹。我读过很多翻译过来的小说，就像这些书里的英雄一样，我的心也被一种甜美又神秘的渴望占据了。那是一个叫作法利耶的女孩，她就住在我们家附近。在我的想象中，我集结了一批忠诚的手下，在遥远的海岛上为非作歹。我会戴上面具，在腰间别上两把枪，将她掳到一个巨大的山洞里。她一开始肯定会怕得瑟瑟发抖，但一旦她看见我的手下们是如何臣服于我的，她也一定会为我所折服，在我们四目相对之时扑到我的怀中，喜极而泣。有时我则又化身为穿越非洲的著名探险家，和食人族一起生活，亲眼看见从未有人见过的风景；有时我又变成了漫游欧洲的画家。而这些全都是我阅读过的那些作家带给我的幻想：米歇尔·泽瓦克①、儒勒·凡尔纳②、大仲马、阿哈迈特·米特哈特·艾芬迪③，还有韦礼希先生。

父亲不喜欢我整天看书，有时甚至会直接扔掉我的书。他不准我在夜里打开卧室的灯，但我自有办法。有几次，他抓到我借着一点灯芯的微光读《悲惨世界》或《巴黎的秘密》，之后也就随我去了。我如饥似渴地阅读着所有能找到的书，而我读过的一切——无论是勒柯克先生④的冒险还是缪拉先生⑤的生平，都深深地印刻在了我的脑海中。

那时我读了一本关于罗马帝国的历史书，里面描述了一位使臣，名叫谬休斯·斯卡沃拉。他跟敌人谈判时，对方威胁说如果不接受他们提出的条件就杀了他。作为回应，他直接把胳膊伸到了火焰里，面不改色，从容淡定。他无所畏惧的勇气激励了我，使我也跃跃欲试，想要检测一番自己的复原能力。我也有样学样地把手伸进了火里，结果手指被严重烧伤。但至今我仍然能看见那位使臣，看见他在痛苦之中平

---

① 法国记者、作家、出版人、电影导演、无政府主义者。
② 法国著名作家、剧作家，其作品极大地影响了科幻小说的发展。
③ 奥斯曼（今土耳其）记者、作家、翻译家、编辑。
④ 勒柯克先生是法国侦探小说家埃米尔·加波利奥笔下的人物，极大地影响了柯南·道尔对夏洛克·福尔摩斯这一形象的塑造。
⑤ 此处应指拿破仑时期的法兰西元帅若阿尚·缪拉。

静地微笑着。我也试过写作，我甚至还写过一些小诗，但很快也就放弃了。我拼命压抑着自己的感情，并极度恐惧将其泄露出来，这样我的写作之路也走到了终点。但我倒是一直在画画。我以为单纯的画画无论如何也不会暴露自我，我只是把外在世界的东西画到纸上罢了，自身不过是个媒介，仅此而已。然而随着时间的推移，我渐渐明白事实并非如此，于是我连画画也放弃了，总是在害怕着。

在伊斯坦布尔的工艺美术学院里，我没有借助外界的帮助便很快意识到画画其实是一种表达，而表达必定会牵涉到自身。这样，我再待在这里也没什么意义了。我的老师们也没有对我寄予什么厚望，毕竟每次画画我都只是敷衍了事。要是我的画作表达了任何私人的东西或泄露了任何个人的想法，我便会立刻把它们藏起来，不让它们暴露于光天化日之下。要是有人不小心察觉到了我的真实想法，我就会像个没穿好衣服的人一样倒抽一口气，涨红了脸跑开。

我失去了方向，只得整天游荡在伊斯坦布尔的大街小巷。这个城市是如此混乱又令人不快，几乎令我不能忍受。我向父亲要了点钱，想回到哈夫兰去，但十天后我收到了一封长信。这是他最后一次尝试让我在这世上立业。

他听别人说，最近德国货币暴跌，外国人到那儿去日子过得尤其滋润，比在伊斯坦布尔的生活费便宜多了。他让我去那里学做肥皂生意，尤其是要学学怎么做香皂，又说他会给我寄一笔钱，支付去德国的各项花销。我简直喜不自胜。我对肥皂生意没什么兴趣，我高兴的是，在这样一个毫无希望的时刻，我却忽然得到了游历欧洲的机会——自孩童时代起，那里就是我的梦之所系。"你去那里住两年，学做生意，"我父亲这么写道，"然后你再回来，帮着打理我们的肥皂厂。我到时就任命你为经理。一旦你在这世上安身立业了，你也就能找到幸福和成功了。"但是在我看来这些事情却显得无关紧要……

我计划去学一门新的语言，再去读由这门语言写成的书，但我最想做的还是去探寻欧洲，去亲自见见那些我曾在书中与他们相逢过无数次的人们。抚育了我内在的精神又将我引诱到离家万里之地的，不正是这些人吗？

不到一周的时间，我就做好了准备。我坐着火车穿过保加利亚，来到了德国。在伊斯坦布尔时，我在笔记本上草草记下了之后要住的那家旅馆的名字，那时我虽然只会说土耳其语，但凭借着在语言工具书上查到的几个短语，我还是成功到达了目的地。

我花了几周时间学了点勉强够用的德语，同时每天在大街上转来转去，十分激动。但这种状态并没有持续太久。说白了，这里也不过只是另一座城市而已。街道宽了点，也干净了许多，当地的居民还都顶着金发，但仅仅这些还不足以使我神魂颠倒。我实在无法把眼前这座城市和自己想象中的欧洲相提并论……到了这时我才知道，这世上本来就没有什么东西能配得上我们脑海中的瑰丽之景。

我当时觉得，没学好语言就不能开始正式的工作，于是开始跟着一个退伍的军官学德语。他在战争时期学了一点土耳其语。旅店的老板娘闲暇时总爱冲着我唠叨，不过对我来说倒也利大于弊。其他的客人似乎也觉得跟土耳其人做朋友怪有意思的，一有空便向我抛出一大堆乱七八糟的蠢问题。晚餐时大家总是其乐融融，其中有三个人和我比较熟悉：一位是来自荷兰的寡妇范·缇德曼夫人；一位是位葡萄牙商人，专从加那利群岛进口橘子，名叫卡梅拉；还有一位老先生，名叫多普科。他之前一直在喀麦隆的殖民地做生意，停战以后便回到了故土，把所有身家都留在了那里。他在这里的生活十分简朴，平时爱追逐着当时的风潮举办一些政治集会，到了傍晚则会回到旅店里和大家分享他的观点。偶尔他也会带回来几个德国人，通常都是些退伍军官，一谈就是好几个小时。通过对他们的观察，我发现这些人似乎都认为只有像俾斯麦这样的铁腕人物才能重振军威，拯救当下的德国，再掀起一次世界大战，一扫德国遭受的种种"不公"。

住在这里的人时时都在变化，旧房客走了，马上便会有新人住进来。住了一段时间后，我就适应了这种人员上的变动。渐渐地，我厌倦了那盏照亮了我们晚餐桌的红色小灯以及屋里那股终年不散的卷心菜气味，每顿饭必备的热烈的政治讨论也让我感到十分无趣。尤其是政治讨论。每个人都有一套自己的办法来拯救德国，但又没有一个人的办法是真的为了德国着想。他们想保卫的，仅仅是自己的利益罢了。有一个老太太拿出积蓄出去放债，结果血本无归，便整天埋怨政府官员，政府官员则整天埋怨罢工的工人。她把德国战败怪罪到士兵的头上，而那个殖民地的商人又毫无缘由地不断抨击国王宣战的决定。我们的管家每天早上都会来打扫我的房间，后来连她都开始热衷于和我谈论政治，一有空就埋首于各种报纸之中。她也有很多看法，每次表达的时候都会红着脸挥舞拳头。

我似乎已经忘了自己为什么要来德国。每次父亲来信时都会提起肥皂生意的事，而我则每次都会说德语还没有学完。但我向他保证，很快就会去找一所培训学校上课。我这么说，也不过是自欺欺人而已。日子一天天过去，每一天都差不多。这座城市的每个角落我都已经探索过了。我去过各种博物馆，也去过动物园。几个月间，我以为自己已经见过了这里所有的一切，由此陷入绝望之中。"这就是欧洲，"我对自己说，"既然如此，又何必大费周章呢？"这种厌倦忽而又令我感到世界本身也甚是无聊。很多个下午，我随着人群在宽阔的大街上漫无目的地游荡，看着男人们回家，脸上挂着严肃的表情；看着双眼无神的女人们挂在那些走路时仍一副士兵派头的男人的胳膊上，麻木地微笑着。

　　为了不至于一直对父亲说些彻头彻尾的谎话，我最终还是在一些土耳其朋友的帮助下进了一家高级香皂制造厂。这是一家瑞典企业的子公司，这里的德国员工还没忘记我们在战时是盟友，热情地接待了我。但他们却不愿意对技术细节多做解释，至少和我在哈夫兰学到的很不一样，我猜他们这么做也是为了保护商业机密。

　　又或，他们只是看出来我根本就不是真的想学，因此也懒得跟我浪费时间而已。到了最后，我连去工厂露面都免了，他们也从没有联系过我。那时我父亲的信也少了，我继续留在柏林，全然不考虑未来，也不去想我一开始究竟是为什么而来。

　　我仍旧在跟着那位军官学德语，一周上三晚的课，其余时间则大多都在逛博物馆和新开的画廊。晚上回到旅店里，我在百步之外便能嗅到一股子卷心菜的味道。但我已经不像几个月前那么无聊了，因为现在我学会了用德语读书，极为快乐。没过多久，我的阅读嗜好几近成瘾。我总爱趴在床上看书，一趴就是几个小时，身旁还放着一本又厚又旧的字典。但很多时候我都不会费心去查字典，因为我完全可以根据上下文猜出一个词语的意思。我进入了一个崭新的世界。我已经不再受限于童年时期阅读的那些翻译小说，那时我的书里总是装满了各种英雄人物和无与伦比的历险，但现在我读的书则都是关于像我这样的平凡人的，它们承载的都是我能亲眼看见的世界，讲述的都是我曾目睹却从未真正理解的东西。我终于感到自己开始渐渐领会书中的真谛。这其中，影响我最深的就是俄国的作家。我一口气读完了伟大的屠格涅夫所作的所有小说，其中有一个故事令我印象尤其深刻。故事的女主角名叫克拉拉·米利奇，她很年轻，爱上了另一个同样年轻却过于天真的小伙子，但她却无法向他表达自己的爱意。相反，她觉得自己不该爱上这样一个人。因为这件事她惩罚了自己，最终因羞于痴情而成了牺牲品。不知为什么，我感到自己和这个角色尤其相像。当我看着她是如何难以表达自己真实的感情，又是如何被恐惧和嫉妒压制住自己最深刻、最坚强的品质时，我也看见了我自己。

那时我深深陶醉于柏林博物馆里的那些大师之作。有时我会在国家美术馆里一连几小时盯着同一幅画，以至于在那之后的几天，画中的人物或景色仍在我脑海中挥之不去。

我已经在德国待了快一年了。直到今天，我仍然清楚地记得，那是十一月里一个阴雨绵绵的下午，我在读报纸时看到了一篇文章，上面介绍了一批新人画家举办的一次画展。说实话，我并不知道该如何评价新一代的画家们。我不喜欢他们，也许是因为他们的画风太过大胆，总爱博人眼球。这种自我推销的做法总让我觉得又怪异又无聊。于是我跳过了这篇文章，继续读下一个版面。但几小时后我出门散步时却碰巧走到了举办画展的建筑门口，手里又没什么要紧事要办，于是我决定进去碰碰运气。我漫步在各种展品前，观察着眼前大大小小的画作，心里丝毫不为所动。

大多数的画都只能让我发笑：人物的肩膀、膝盖、头和胸口的线条都呈方形，比例失调；风景画的色彩厚重，仿佛由绉纸制成一般。水晶花瓶的形状就像砖头碎片，花朵死气沉沉，似乎已经在书里压了许多年，肖像画则像极了给罪犯画的速写……但前来参观的人们却似乎都乐在其中。也许我应该及时唤醒这些艺术家，警告他们别以为花这么点工夫就能成就大事业。但转念一想，也许惩罚他们、嘲笑他们正好能带给这些人一种扭曲的快乐，我便又只能怜悯他们了。

忽然之间，我在靠近主展厅的门前停下了。那么多年过去了，我却直到现在也无法准确地描述那一刻向我涌来的那种感受。我只记得自己站在那里，面对着一幅穿着裘皮大衣的女士的肖像画，目瞪口呆。身边的人们熙熙攘攘，迫不及待地冲向剩下的展品，我却动弹不得。这幅肖像画究竟有什么魔力？我知道光用语言并不足以形容它。我只能说，画上的女人带着一种奇怪、威严又傲慢的神色，几近狂野，我从没在其他女人脸上见过这样的表情。虽然我与画上的女人素昧平生，但我却又仿佛已经见过她很多次了一样。我当然认识这张苍白的脸，认识她深棕色的头发和眉毛，认识她那双讲述着无尽的痛苦与决心的漆黑双眼。自从我七岁时翻开我的第一本书，自从我在年少时开始第一次幻想，我就已经认识她了。在哈立德·兹亚·尤萨克里基尔①的尼哈尔身上，在韦礼希先生的莫珂里身上，在骑士布里丹的爱人身上，我看见她的影子。她就是我曾经幻想过的所有女性的化身。画上，她裹在一块毛皮中，身体大部分都隐藏于阴影里，只露出白瓷般的脖子和微微偏向左侧的椭圆形脸蛋，深色的眼睛中装满思索，出神地盯着不远处，仿佛正在寻找着什么她早已知道自己永远也不会找到的东西。但是，她的悲伤中却混杂着一丝挑衅，好像在说："我知道。我知道我不会找到……但那又怎样呢？"她圆润的下唇稍厚于上唇，也在倾诉着同样的挑衅。双眼略微凹陷，眉毛短短的，不浓也不淡。深棕色的头发围在宽宽的额头周围，又垂到她的两颊和毛皮大衣上。尖尖的下巴微微扬起，长鼻子下面，鼻孔微张。

我翻着展览目录，希望能找到一点关于这幅画的信息。我的双手几近颤抖。在最后一页的底部，我看见了那幅画，旁边只有简单的几个字：玛丽亚·普德，《自画像》。除此之外便什么也没有了。显然，这个画家只有这一幅画参展了，但我对此却感到很高兴。我担心她其他的画作也许不会给我如此之大的震撼，甚至会熄灭我最初的仰慕之情。我坐了很久。偶尔站起来在画廊里四处逛逛，茫然地看着其他画，但很快便又会回到老地方，盯着那一幅画。每一次，我都觉得

① 土耳其作家、诗人、剧作家，奥斯曼帝国时期"新文学"运动的倡导者。

自己仿佛在她的脸上看到了新的表情；每一次，她都好像在逐渐复活。她往下的视线似乎正在看着我，她的嘴唇似乎正微微颤动。

天色渐晚，画廊里的人们都走了。门口那个高个男人一定是在等着我离开，所以我也很快起身出了门。画廊外，温柔的小雨洗涤着这座城市。这一次，我没有再在路上磨蹭，直接回到了旅店。我急切地想快点吃过晚饭，回到我的房间里独自在脑中重建那张脸。吃饭时我一句话都没有说。

"您今天去哪儿了？"老板娘赫普纳太太问道。

"随便逛了逛，"我回答，"我去散了散步，又去了一家画廊里看了一次当代艺术的展览。"

大家的话题由此转向了当代艺术，我也从餐厅里溜了出来。

我脱掉外套时，一份报纸从口袋里滑了出来。我捡起来放到桌上一看，心跳漏了一拍——这正是我今天早上在咖啡店里读到的那份报纸，上面登有关于今天这次展览的文章。我连忙打开，看看文章里是否提到了关于那位画家的信息。连我自己都对我的鲁莽感到惊讶，毕竟我本质上其实是个温和平静的人。我浏览了一遍文章，忽然，我看到了那个登在目录上的名字：玛丽亚·普德。

她毕竟还年轻，又是第一次参展，这篇文章里关于她的篇幅并不长。文章里说她追随着过去的美术大师的步伐，在捕捉人物表情上极有天赋。和其他画家的自画像不同，她的画中不带那种"固执的丑陋"，也没有盲目地追求"夸张的美感"。这位评论家搬出了几个专业术语，接着总结道，画中的这位女人无论是表情还是仪态，都和安德烈·德尔·萨托①的《哈匹圣母》中的圣母玛利亚极为相似，这真是一种难以解释的巧合。文中，他略带幽默地预祝这位"穿着皮大衣的玛利亚"②取得成功，接着便开始继续谈论其他引起了他的注意的画作。

第二天一早，我便去了一家以卖艺术复制品闻名的店铺，寻找那幅《哈匹圣母》。在一本德尔·萨托的厚厚的画集里，我找到了它。虽然这只是一幅粗制滥造的复制品，没能完全展现出原作的魅力，但我还是看出那位评论家所言非虚。圣母玛利亚站在一块底座上，怀里搂着她的圣婴，目光盯着地面，丝毫没有注意到她右边长着胡须的男人和左边的那位年轻人。在她微微倾斜的头颅和她的面容及嘴唇上，我都找到了我昨天所见的那种忧虑和委屈。画集里的作品可以单幅售卖，我买下这幅复制品，把它带回了我的房间。我仔细地研究了这幅画，明白了它确实是无价之宝。这是我人生中第一次真正看到了圣母玛利亚。在此之前，我看到的所有关于圣母玛利亚的画作上，她都带着无辜的表情；在那些画

---

① 意大利文艺复兴时期的画家。
② 本书书名即由此而来。

里，她要不像个小姑娘，看着自己怀里的婴儿时仿佛在问："你看到了吗？你看到上帝给我的这份礼物了吗？"要不就像个女仆，抱着一个忽然闯进了自己的世界的孩子。

但在萨托的画里，圣母学会了如何思考，她知道了该如何生活。她是个女人，她开始避开这个世界，仅此而已。对于身边的圣人甚至怀里的弥赛亚，她都毫不在乎。她没有望天，相反，她的目光投向地面。在那里，她一定看见了什么。

我把那幅复制品留在了桌上，闭上眼睛，想象着画展上的那幅画。直到这时我才忽然想到，画里的女人必定也存在于现实生活中。当然了，那可是幅自画像！也就是说，这个奇迹般的女人就生活在我们中间，她深邃漆黑的双眼逡巡于地面和来往的人群之间，嘴唇微张，下唇稍厚于上唇……她存在！她活着！也许我还曾在某时某地见过她……这一念头出现在我的脑海中，为我带来一种深重的恐惧。像我这样阅历浅薄的人，一想到和这样一位女性面对面，难免会感到寝食难安。

虽然我当时已经二十四岁了，但之前却从未和女性交往过。在哈夫兰时，我也曾跟着附近年长的男孩一起在酒后做些傻事，或纵情于声色之中，但实际上我却从没觉得这些经历有何意义。天生含蓄的性格让我无法鼓起勇气再做一番尝试。只有那些曾经扰乱了我的想象力的女人，才是我唯一了解的对象。炎热的夏夜里，我曾躺在橄榄树下一次又一次地建造起空中楼阁，和她们携手走进幻想之中，但这些女人却都有同一个特点：她们都是如此遥不可及。当然，我也曾暗恋我的邻居法利耶多年，在梦中探索过男女情爱，甚至可以说到了濒临无耻的地步。我每次在街上遇见她都会脸红，心跳得飞快，只能远远躲开，故作镇定。每到斋月，我便会在夜里偷偷溜出家门，藏在她家门口附近，看着她和她妈妈举着灯笼款款而行。门一打开，她们长长的黑袍便会被黄色的微光笼罩，变得难以辨认。她们出门去做礼拜时，我担心被发现，躲在暗处瑟瑟发抖，最后转身逃开。

　　每当遇见美丽的女性，我的第一反应都是逃走。一旦我们不得不面对面，我便每时每刻都极为恐惧，就怕我的一举一动会不小心泄露我内心真实的情感。我为此感到羞愧，那一刻我成了世界上最悲惨的人。我想不起自己在青春期时曾经直视过哪个女人，连我母亲我都没敢抬头仔细看过。搬到伊斯坦布尔以后，我也曾试过克服这种荒唐的羞涩：通过朋友介绍我认识了几个姑娘，和她们在一起时我总感到很放松。然而，一旦我感觉到她们对我产生了兴趣，我的勇气便又全部溜走了。我并不单纯：当我在脑海中幻想这些女人时，我所臆想的画面连情场老手也要甘拜下风。幻想这些姑娘们性感的嘴唇与我紧紧贴在一起所带来的快乐，比现实生活中的任何乐趣都还要令我陶醉。

　　但玛丽亚·普德的这幅《自画像》却让我动摇了——哪

怕只是想象一下与她产生这般纠葛也变成了不可能。我不能去想象。我甚至无法想象像个朋友一样坐在她身边的场景。我想要的，只是在那幅画前站上几小时，注视着那双出神的深色眼睛。每一天这种渴望都愈发强烈，于是我穿上外套又回到了画廊，一连几天都是如此。

每天下午我都会去画廊，先假装瞧瞧每幅画，然后再迫不及待地直接走向我的"穿皮大衣的玛利亚"。当我终于来到她的身边时，我又会装出一副第一次注意到这幅画的样子。接着我便会一直待到画廊关门。很快我便成了这里的常客，保安和几个像我一样经常到这里来的画家们也都认识了我。我一来，他们便会咧嘴笑着欢迎我，目光一直追随着我这个狂热的艺术爱好者。最后我也放弃了掩饰，直接走向那幅画，坐到它对面的一张长椅上。我看啊看啊，直到再也不能看下去，低下头望向地面。

我的举动不可避免地引起了人们的注意和好奇。一天，我心中最恐惧的事成真了。大部分经常来这里的画家都爱裹一块巨大的软绸围巾，留长发，穿黑衣。但在他们中间不时也会出现一个年轻女人，我猜她应该也是个画家。

那天她走到我身边。"您好像对这幅画特别痴迷，"她说，"每天都来看。"

我抬头看着她，被她脸上那种了然又嘲讽的微笑刺伤了。为了自救，我低下了头。但她的尖头鞋就在我眼前，等着听我的解释。我又抬起眼睛，看到了她身上的短裙和那双尤为匀称的腿。她每动一次，我都能看到她膝盖上面的长筒袜泛起一阵甜美的涟漪。

她那么执着地要等着我回答，于是我便说："对！这幅画很美……"接着，我不知为何感到需要为自己开脱一下。于是我嘟哝着撒了个谎："她和我妈妈很像……"

"啊，您就是因为这才过来一直盯着这幅画的！"

"对！"

"您妈妈过世了？"

"没有！"

她停了下来，好像在等着我继续说。于是我盯着地板，补充道："她在很远的地方。"

"哦……在哪里？"

"土耳其。"

"您是土耳其人？"

"对。"

"我就知道您是外国人。"

她轻轻笑了一声，在我旁边的长椅上坐了下来。她的脸皮简直太厚了。她把一条腿跷到另一条腿上，大腿完全露了出来。我意识到自己又脸红了。她看到我坐立不安的样子似乎很高兴，又问道：

"您有您妈妈的照片吗？"

"这也太不懂礼貌了！"我心想。我下意识地认为她过来跟我搭话其实只是为了戏弄我。其他的画家远远地看着我们，我觉得他们肯定在笑话我。

"有……但是我指的是另一回事。"我说。

"噢，这倒成了另一回事了。"

说着，她又轻笑了一声。

我起身欲走。她注意到我的动作，说道："我不打扰您了。我正准备走……您和您妈妈单独待会儿吧。"

她说着，站起来走开了。这时她又忽然掉转回来，走到我旁边。她的声音似乎变了个调，冷峻，甚至近乎悲哀："您真想要个这样的妈妈吗？"

"对……我想要。"

"哦……"

她又转过身慢慢走开了。我抬起眼睛看着她。她的一头短发在脖颈处跳动着，外套紧紧地裹在身上，双手插兜。

一想到这最后的话必定暴露了我在这次初会中撒的谎，我实在抬不起头，只能跳起来灰溜溜地逃走了。

这一次我离开的时候心中空荡荡的，仿佛在匆促之中告别了一个在旅途中十分信任的朋友一般。我知道我再也不会踏进那家画廊半步了。人们——那些对他人的感情毫不理解的人们把我赶了出来。

回到旅店，我思忖着这即将到来的无聊日子。一坐到晚餐桌旁就不得不听这帮中产阶级痛斥正在腐蚀他们财富的通货膨胀，听他们指点江山，对德国的未来各抒己见。每天晚上我都会回到自己的房间里读屠格涅夫或特奥多·施托姆①。那两个礼拜，我明明已经看到自己的生活终于有了意义，我也看到了失去这种意义对我来说将意味着什么。一束光照到了我身上，以我不敢置疑的可能性填满了我空虚的生命。但现在，它又像来时一般神秘地走了。直到这时，我才懂得究竟发生了什么。原来一直以来，我都在苦苦地寻觅着某个人。也许我没有意识到，或者我只是不敢去想。这就是为什么我要一直躲避他人。而就在那短短的一瞬间，那幅画说服了我，让我相信我也许真的能找到她，而且很快就能找到她。它给我带来的希望将永远也不会变为绝望。我躲开他人的陪伴，独自蜷缩起来，诅咒我身边的世界，痛恨这个世界胜过以往任何一个时期。我想写信给父亲，告诉他我已经准备好回家了。但要是他问我在欧洲学到了什么，我又该如何回答呢？转念一想，最好还是再待几个月，学会这门做香皂的手艺，让他老人家开心一些。于是，我又回到那家瑞典公司，虽然他们的欢迎不如从前那般热烈，我最终还是得偿所愿了。就这样，我每天都去工厂里上班，勤奋地做起了笔记，记录他们的工艺和配方，读相关的书籍。

---

① 德国诗意现实主义文学代表人物，中短篇小说巨匠，有代表作《茵梦湖》《双影人》等。

旅店里那位荷兰来的寡妇范·缇德曼太太近来总爱留意我。她把给儿子买的小说借给我看，还问我有什么感想。她儿子现在十岁，正在寄宿学校念书。有时吃过晚饭后她会找一些托词来我的房间和我聊天，喋喋不休地一待就是几小时。她想知道我和德国的姑娘们到底玩了些什么花样，我告诉她实情后她又会眯起眼睛，摇摇手指，露出一个耐人寻味的笑容，好像在说："你可骗不了我，我知道你这种年轻人整天都在搞什么!"一天下午她邀请我和她一起出去散步，回来的路上把我拉进了一家啤酒馆，我们喝了很多酒，连时间都给忘了。来柏林以后我偶尔也会喝喝啤酒，但从没像那天那样醉过。我头昏脑涨，不自觉地躺到了范·缇德曼太太的怀里。一会儿我恢复了一点神志，发现这个好心的女士拜托服务员拿来了一条湿毛巾，正给我擦脸。我说我们必须要回去了，她听了非要自己把账结了。走出啤酒馆，我发现她也步履蹒跚，醉得不轻。我俩手挽着手窜进了对面过来的人群之中，脚下直趔趄。时候不早了，街上的人也不多了。我们走上人行道时，范·缇德曼太太被路牙绊了一下。这个丰腴的女人为了稳住重心，死死地抓住了我，大概又因为她比我高，最后连胳膊也攀上了我的脖子。但她站稳以后也没有放手，反而搂得更紧了。也不知是不是喝醉了的原因，我也放下了拘束，伸手抱住了她。她的嘴唇饥渴地贴了上来，试探着我。我吸入她温暖的呼吸，嗅到她身上浓郁又令人陶醉的香味，那是激情的味道。许多路过的人停下来冲我们大笑，还祝我们幸福。这时，我忽然看到就在离我们大概十步远的地方，一个女人在路灯下向我们走来。我呆住了。范·缇德曼太太又收紧了她的怀抱，亲吻着我的头发，但现在我却只想着该如何挣脱出来。我只想看清楚那个正朝我们走过来的女人。是她！仅仅是这一瞥，我便像被闪电击中了一般，脑中的迷雾也随之散去。她就在这里：那个裹在动物皮毛里的苍白女人，鼻子狭长，眼睛深邃。我那穿着皮大衣的玛丽亚。她看上去是那么忧伤，那么倦怠，当她走过盏盏路灯时，对身边的世界又是那么视若无睹！但当她看见我们时，她惊讶地停了下来。我们的眼神相遇了。在她的眼睛里我读出了一丝笑意。我缩了一下，仿佛被人抽了一鞭子。虽然我喝醉了，但在这样难堪的时刻与她相遇也让我心里很不是滋味。她的微笑已经清晰地宣判了她对我的裁决。最后我终于挣脱了那个女人的怀抱，向穿着皮大衣的玛丽亚冲去，希望还能追上她。我根本就不知道该说什么或做什么，只是一路追到了街角。她走了。我站了几分钟，四处搜寻着她的踪影，但始终没有找到。这里只有范·缇德曼太太。"你怎么回事？说出来吧！发生什么事了？"她拉着我的胳膊，把我带回旅馆。一路上她都紧紧抓着我，脸颊也靠了过来，但现在她温热的呼吸却令我觉得如此压抑，如此让人难以忍受……但我还是没有拒绝。毕竟我从来都不知道该怎么拒绝。我能做的也就是设法逃走而已，但现在逃走似乎并不现实，我走不到三步就会被她拉回去倚在她的手臂上。同时，这次意料之外的相遇也不停地浮现在我的脑海中。酒精的作用渐渐退去，我试着回忆自己看到的一切。那双微笑的眼睛在我脑海中挥之不去，仿佛刚才的相遇只是我的一场梦而已。不，我想，我并没有真的看到她。在那样的情况下，我怎么会遇到她呢？我看见的不过是一场噩梦，是那个女人非要搂着我，用温热的亲吻和呼吸令我感到窒息所带来的结果……此刻我只想尽快逃回床上，用睡眠驱散廉价的幻想。但这位女士却无意放过我，我们越是靠近旅店，她抓着我的手就越是用力，越是充满热情。

　　到了楼梯上，她又用胳膊搂住了我的脖子，但这次我努力挣脱了，跳到了上一层的平台上。她喘着粗气紧追在我身后，硕大的身体压得楼梯颤动不已。我正翻找钥匙时，那个在殖民地做生意的多普科先生忽然出现在了走廊的另一端。他慢慢走过来。我意识到他不睡觉就是在等着我们回来，深吸了一口气。旅店里的人都知道这位还挺富裕的先生心中的爱焰还没熄灭，还对这位寡妇怀有情愫。范·缇德曼太太呢，对此也不是完全不知情，有传言说她自己也有计划要俘获这位家境殷实的老先生，后者虽然已经年过半百，但仍然精神矍铄。这两位朋友一看到对方便都停了下来，我则抓住机会溜进了房间，反锁了房门。门外，两人开始低声说话。

他们谈了一会儿，此刻偷听的人都急于相信两人有私情，于是双方的提问和回答都十分谨慎，打消了大家的疑虑。过了好一会儿，走廊里传来一阵脚步声，原来是两人耳语着走了过去。

我刚碰到枕头便睡着了。接近黎明时，我做了个噩梦，梦见穿皮大衣的玛丽亚隐藏在各种各样的伪装之下，每一次都用她那摄人的微笑将我击垮。我努力想说点什么，想解释点什么，却开不了口。她深色的眼眸中闪烁的微光剥夺了我的语言。她已经下了裁决，除了在绝望中翻滚，我什么也做不了。天还没亮我就醒了，头很痛。打开台灯，我想试着读会儿书，但我眼前一行行的铅字却是那么模糊，雾气之后，我仍能看见那双深色的眼睛正在嘲笑我可悲的境地。虽然此时我已经完全相信，昨晚的经历不过是我脑中产生的幻觉，但我的内心仍然无法平静。我起床穿好衣服，出了门。柏林的清晨阴冷潮湿。街上，送货员推着装满了牛奶、黄油和小面包的手推车匆匆走过，除此之外空无一人。警察在街角处撕下昨夜才贴上去的革命海报。我沿着运河一直走到蒂尔加滕，两只天鹅掠过平静的水面，如玩具一般死气沉沉。草地和树林里的长椅都还是湿的，一张椅子上蜷着一团揉皱的报纸和几个发夹，让我又想起了昨夜的场景。范·缇德曼太太从酒馆回去的路上肯定也掉了几个发夹，而现在，我想象着，她很有可能正幸福地躺在她的邻居多普科先生旁边，思考着是否需要早点起来溜回房间，不被女仆发现。

那天我很早就到了工厂，比之前都早。我和保安热情地打了个招呼后便投入工作中，想借此摆脱无所事事的生活带来的压抑之苦。我坐到装香皂的大桶旁边，呼吸着玫瑰的香味，在本子上不停地记着笔记。我记下那些制作压皂机的工厂的名字，脑中已经开始在想象自己成了哈夫兰一家大型的现代香皂制造厂的经理，名扬土耳其了。我想象着那些粉色的、鸡蛋状的香皂裹上柔软又散发着香味的包装纸，贴上"梅米特·莱夫-哈夫兰"的商标。

到了下午，我的精神也振作起来了，终于可以开始畅想更加光明的未来。我已经为莫须有的东西烦恼了太久，把自己拱手献给了转瞬即逝的空想。我一直在自寻烦恼，但现在我要改变了，我将只读那些能对我的事业有所帮助的书。毕竟，像我这样含着金汤匙出生的人，又怎么可能找不到幸福呢？

在哈夫兰，我父亲的橄榄园、两家工厂和一家香皂作坊都在等着我去继承。我的两个姐姐都已经嫁给了有钱人，每人都会分到一份财产，而我则会成为一个受人尊敬的生意人。土耳其军队已经将敌军驱逐出了哈夫兰，我父亲写来的信里，字里行间都透露着兴奋和爱国之情。即使身在柏林，我们也都聚到土耳其大使馆一起庆祝了这次胜利。偶尔我还会从壳里探出一个脑袋，根据我们在安纳托利亚①取得胜利的经验，向多普科先生和那些退伍军官提供一点拯救德国的建议。何必为了一张毫无意义的画而食不下咽呢？何必沉溺于书里的几个虚幻的角色呢？不，从现在起我将改变……

但夜色降临时，我的心又沉了下来。我实在不愿意在晚餐桌上面对范·缇德曼太太，便决定到外面吃饭，再顺便喝两大杯啤酒。但无论怎么努力，我也无法让自己振奋起来，好像一直有什么东西沉甸甸地压在我的心上一般。我想去散散步——呼吸一下清新的空气，也许能帮我驱散心中的阴霾，便起身结了账。天空阴云密布，渐渐下起了小雨，低矮的云层上映着城市猩红的灯光。我走到又宽又长的选帝侯大街上，这里的天空完全被灯火照亮，连雨点都被染成了橙色。街道两边坐落着许多赌场、剧院和电影院。人们来来往往，丝毫没有被雨势影响。我也跟随着人潮缓步前进，脑中的念头不断打转。我读着经过的每一个招牌以及明亮的广告板，似乎正在努力逃离一种将我囚禁起来的魔咒。我在这条长达几公里的大街上转来转去，接着向右转，往维滕堡广场走去。

在那里我看到了一群年轻人，他们穿着红靴子，脸上画着女人的妆容。这些人在一家叫作卡德威的大商场门口闲逛着，冲着往来的路人投出挑逗的眼神。我看了看表，已经过

---

① 又叫小亚细亚，是亚洲西南部的一个半岛，隶属于土耳其。

了晚上十一点了。时候不早了，我加快步伐走向诺伦多夫广场。现在我知道自己要去哪里了，我正走向昨天这个时候碰见穿皮大衣的玛丽亚的地方。穿过街，我到达了昨晚我和范·缇德曼太太一起跌跌撞撞地走过的街道。我死盯着路灯，仿佛这样就能召唤出那个我渴望再见的女人一样。虽然我已经相信昨晚的所见只是我自己的空想，只是酒醉后神志不清的产物，但我还是来了，等着那个也许只是由幻觉捏造而成的女人。微风带走了我自早上开始便在脑中建造起来的工厂。我再一次成了被自己的想象力所操控的玩偶，一个虚幻事物的囚徒。

这时，我看到有个人穿过了广场，向我走了过来。我连忙藏到旁边一座房子的门口，等待着。我探出头，看见这个步伐干脆利落的来者，竟然正是我的玛丽亚。这次决不会搞错了。我很清醒。空旷的街道上回响着她的靴子清脆的落地声。我的心脏收紧，激烈地撞击着胸膛。脚步声接近了，我转过身，俯身装作正要开门进去的样子。忽然，脚步声消失在了我的身后，我几乎要用尽全力才不至于摔倒或尖叫。她一走过，我便从门前蹿过去紧紧跟在她身后，生怕跟丢了。我没有看见她的脸，但我还是跟在她身后，即使在此之前，仅仅是想到可能与她再见也会令我心生恐惧。她似乎没有注意到我。但是话说回来，既然我都过来等她了，就这么藏起来又有什么意义？这样我还有什么回来的必要呢？而且我现在为什么要跟着她？这真的是她吗？我怎么就那么确定，一个在二十四小时前偶然经过这里的女人还会再次出现在同一个地点呢？我回答不了这些问题。我的心仍然在怦怦直跳。我继续跟着她，哪怕我心里越来越担心她会突然转过身来看见我。我埋着头，眼睛盯着柏油路，仅仅是在跟随着她的脚步声前进。忽然咔嗒声消失了，我停下来，头埋得更低了。我看上去肯定像个犯人。但没人向我走来，没人问我："你为什么要跟着我？"几秒钟后，我注意到身边的街道忽然明亮起来。

我缓缓地抬起了头，眼前早已没有了女人的身影。在我前方不远处是一家叫作"大西洋"的著名夜总会，大门闪闪发光。一块巨大的灯牌上，闪烁的蓝光勾勒出它的名字，背景是一片电灯点亮的蓝色波纹。门口站着一个大约有两米高的男人，身着亮片西装，戴着一顶红色的帽子。他邀请我进去。我想那个女人肯定已经进去了，于是毫不犹豫地上前去，靠过去问道："刚才走在我前面那位穿着皮大衣的女士是不是进去了？"

这位看门人靠过来。"对。"他说。他的微笑意味深长。

难道这个女人是这里的常客？我想。要是她每晚都在同样的时间过来，那她肯定是个常客了。我深深地吸了一口气，平静地脱下外套，走了进去。

大厅里挤满了人。屋子中间有一个圆形的舞池，后面则坐着管弦乐队。靠墙的地方是一排并不显眼的私人包间。大部分包间门口的帘子都放了下来，偶尔会有一些男女钻出来跳跳舞，但之后又回到包间里，重新拉上帘子。我穿过大厅，坐到一张没人的桌子旁，点了一杯啤酒。我的心不再那么狂跳不已了。我冷静地注视着眼前的场景，希望能找到我那位穿着皮大衣的玛丽亚，看到这个令我这几周来夜夜难眠的女人就坐在某张桌子旁，陪着一位或老或少的花花公子。一旦我终于能够在心里好好地评估一下这位让我寄予了深厚情感的女人，一旦我看见她自甘堕落，我便能从她的魔咒中解放了。但我没有在舞池边的任何一张桌子旁看见她的身影。她很有可能是在某个私人包间里。我苦笑了一下，责备自己总是不能认清别人的真面目。虽然我已经二十四岁了，但内心却仍然如此幼稚。我任由自己被一幅画所迷惑，也许还并不是一幅多么了不起的画。在那张苍白的脸上，我所读到的信息足以装满一座图书馆——我在她身上倾注了太多原本就没有而且也不可能有的特质。但现在我却抓住她在这样一间俗气的夜总会里追求低级乐趣，和她这一代的其他轻浮女子没什么两样。我那穿着皮大衣的玛丽亚，如此令我敬重的玛丽亚，也不过是个供人消遣的玩偶罢了。

我紧紧地盯着那些包间，看着人们进进出出。不到半小时，我已经见到了里面所有你侬我侬的情侣，仔细把他们研究了一番。显然，穿皮大衣的玛丽亚并没有藏在他们之中。

我甚至还趁着每次帘子被掀起来时悄悄往里偷看，但所有的情人们都出来跳过舞了，我也没有看到里面有人独自坐着。

我再次感到焦躁不已。难道我今天跟着过来的那个女人又是我的幻觉？毕竟，她并不是全柏林唯一穿着皮大衣的女人。我甚至没有看到她的脸。我真的可以仅凭走路的样子就认出一个人来吗？而且这个女人还只在我喝醉后和我打过一次照面，冲着我嘲弄地笑了笑，我甚至都没有看清她。要是这一整天我都只是在做白日梦呢？我怎么就那么有自信，认为自己能认出她就是那个在深夜里从我身边走过的女人呢？我跟着她走了那么久，就因为我觉得自己认识她走路的样子和她的皮大衣。再多做逗留已经没有意义了，我只能起身，希望从此以后能管好自己。

但就在这时，大厅里暗了下来，只有一束暗淡的灯光打在乐队身上。舞池里的人群散去，很快，弦乐器奏响了一串低缓庄严的乐音。接着管乐声响起，我在其中分辨出了小提琴纤弱的哀鸣。渐渐地，琴声越来越嘹亮。一个穿着白色低胸裙的年轻女人一边拉着小提琴，一边走下了舞池。她张口，以一种低沉到近乎男声的嗓音开始唱起一首风靡一时的歌曲。一盏灯在她身上投下一束椭圆形的光亮，随着她在舞池中漫游。

我立刻认出了她。谜题解开了——我的猜测也破碎了。我的心为她抽痛！看着她如此抗拒地强装出笑颜，扮演起风情万种的交际花角色，多么令人伤心！

　　我能想象出画中的那个女人摆出各种不同的造型，甚至能幻想她辗转于不同男人的怀抱，但眼前的这幅画面却是我从未料到的。她看上去多么痛苦啊！我梦中的那位高傲、强大、蔑视众生的玛丽亚去了哪里？

　　"还不如我刚才想到的那个样子！"我告诉自己，"和男人们喝喝酒，跳跳舞，接接吻。"那样至少她还是根据自己的意愿行事的，至少她还能忘掉自我，随波逐流。但眼下我却能看出来，她对自己正在做的事提不起丝毫兴趣。她演奏小提琴的技巧并不高超，但她的嗓音却比她本人还要动人，充满了感染力。她的歌声在热望之中微微颤动，仿佛这歌曲是出自一个醉酒少年。在她的脸上，微笑像一块补丁一般紧贴着，急切地渴望着逃离：她俯在一个客人的耳边唱了几句副歌，在转到下一桌前的间隙中，表情忽然变得严峻，重又恢复到我在画上见到的模样。再也没有什么，能比见到一个对世界绝望的人强颜欢笑更让我难过。她走到一桌客人面前，一个喝醉的年轻人摇摇晃晃地站起来，吻了吻她赤裸的背部。她就像被蛇咬了一般猛缩了一下，但这波及了她全身的冷战不到一秒便消失了。她转过身，对着那个醉鬼露出一个笑容，仿佛在说："你太可爱了！"接着她又朝他身边那个似乎不太高兴的女伴点点头，就像在说："别管他了，夫人，男人就是这副德行。我们除了随他们去，还能怎么办呢？"

　　每首歌唱完大家都会为她鼓掌，接着她便会对着乐队点一下头，示意演奏下一首歌。她的歌声浑厚，隐藏着愤怒。白色的裙边在拼花地板上摩擦着，随着她从一张桌子走向另一张。她走走停停，偶尔站在一对醉后拥抱在一起的情人前，偶尔又来到那些私人包间旁，把小提琴放到下巴下面，用略显笨拙的手指拨弄琴弦。

　　当我看见她朝我的桌子走来时，我的心被一阵恐惧攫住了。我该怎么面对她？我又能说什么？接着我又笑了，笑我自己的荒谬。她不过在前一晚从我身边走过了而已，难道我真以为她能认出我吗？对她来说，我除了是个到这里来寻乐子、找人陪的年轻人外，还能算什么呢？但我还是埋下了头。她的礼服的边上盖着一层在地板上卷起的尘埃，一双白凉鞋在下面隐约可见。她裸露着脚。在白色的灯光下，我看见她的脚背上靠近脚趾的地方呈现出粉色的阴影。忽然我想到了她赤身裸体地站在我面前的样子。羞耻中，我抬起了头。她正专心致志地看着我，没有唱歌，只是拉着琴。那副虚假的笑容已经消失了，但从她的眼睛里，我读到了一种温暖的致意。是的，我读到了。她蜕去矫饰，没有开口便像一个老朋友一样和我打了招呼。她用眼神说话，但意义却如此清晰。这次我知道自己没有误解。接着她微微一笑，那微笑立刻就照亮了她的整张脸——那么坦率、纯洁又真诚。她对我微笑，仿佛我们已是多年的老友……她又拉了一会儿琴，然后再次冲我点点头，用双眼与我道了别，走向了下一张桌子。

我努力按捺着心中想要跳起来与她拥吻和流泪的冲动。我从未感受过这样强烈的幸福。第一次，我感到自己的心被打开了。一个人怎么能什么都不做就给另一个人带来如此巨大的幸福？一个友好的致意、一个天真的微笑……那一刻，我什么都不想要了。我成了世界上最富有的人。我的眼睛追随着她逛完整个大厅，我低声自言自语道："谢谢你……非常感谢。"现在我明白了那幅画的意义。她是真实的，不仅仅是我的幻想。要不是这样，她又怎么会认出我，怎么会如此温暖地与我打招呼？

接着一个疑问又钻进了我的脑海里：我不知道她是不是认错人了。又或者（鉴于她昨天才在街上看见我，一脸震惊的样子），她是不是以为自己认识我，所以才向我致意？但我在她的眼中没有看到一丝疑惑，也没有看见努力辨认的犹豫。她看着我时眼里盛满了自信，而且还露出了微笑。无论她本意如何，她的坦率已经让我成为世界上最幸福的男人。于是我继续胸有成竹地坐着，放松地打量着周围的一切，注视着那位年轻的女士在大厅中游弋。她深色的波浪式短发在脖子后面跳跃着，赤裸的手臂在身侧轻轻摆动，纤腰微微扭动，背上的肌肉随之荡漾。

她唱完了最后一首歌便走到乐队后面，消失了。灯光重又明亮起来。有那么一会儿，我坐在原地，迷失于欢欣与遐思。我问自己接下来该做什么。我应该立刻离开这里到门口等她吗？但我又怎么解释呢？毕竟到现在我还没有和她说过一句话。要是我去等她，她又会如何看我呢？要是我像个好色之徒一般尽说些陈词滥调，她又怎么会对我产生哪怕一点点的兴趣呢？

于是我又觉得，还是礼貌地离开，明晚再来比较合适。这样我们的友谊也能稍微放缓节奏……仅仅一晚上的时间，进展也太快了……自青春期以来，我每每面对幸福时都担心自己会把它给浪费了；我总会想节省一点，把幸福留到未来慢慢体会。这种习惯让我错失了许多机会，但即便如此我还是不自觉地抵触着对幸福的贪婪，生怕我会吓走这番好运。

我环视了一圈大厅，寻找着服务员。这时我的眼睛扫过乐队，看见她又回来了。她手上没有拿小提琴，脚步很快。我发现她正朝着我这边走过来——走向我的桌子，走向我。她脸上仍然带着那抹友善的微笑。她在我的桌边停下来，伸出了手。"您好吗？"她说。

我竭力克服了震惊，立刻站了起来。

"谢谢……我很好。"

她坐到了我对面的凳子上，向后拨弄着头发，眼睛直直地看着我："您还生我的气吗？"

这话是什么意思？我的脑中一片混乱，在慌乱中寻找着答案。"生气?"我说,"不,当然不。"

她的声音多么耳熟!这肯定是因为我太熟悉她脸上的每一根线条了,完全可以从中读出她的声音和想法。

我在那幅画前坐了太久,它已经完全烙在了我的脑海中。通过观察她本人,我对那幅画的印象愈加深刻了。但她的声音……我从前很有可能听到过。什么地方……也许是在很久以前了,在我的童年时代……也许一切只是我的幻觉。

我在座位上动了动。"够了!"我告诉自己。她就坐在我的桌边,和我说着话。现在可不是犯糊涂的时候。

她又问我:"您不生我的气了?那您为什么不来了呢?"

天啊!她真的把我和别人弄混了……我张了张嘴,想问她是怎么认识我的,但我终于没有说出口。这么问不对。如果她误会我的意思了呢?那她很有可能就会找点借口走开了。

最好还是尽量延长这次梦境、这次奇迹。打断我的美梦,对我本人又有什么好处呢?反正,很快我也必须醒了。

她看到我不准备回答她的问题,便换了一个话题:"您的母亲给您写信了吗?"

我一惊,浑身一颤,从椅子上跳了起来。我拉住她的手,大叫道:"天啊,那是您?"忽然之间一切都说得通了。我终于知道自己在哪里听过她的声音了。

她轻轻笑了一声,十分快活:"您这个人真的挺奇怪的。"

这个笑声我也听过。她在那幅画作前坐到我旁边的长椅上时，也发出过同样的笑声。那时她问我对这幅画怎么看，而我说画里的女人让我想起了我妈妈，那一刻她也笑了，问我有没有我妈妈的照片……但我不懂，我那时怎么会没有把她认出来。难道那幅画把我催眠了？难道它遮蔽了我的眼睛，让我无法看到真实的世界？

"但是您当时和画上的样子很不一样。"我嗫嚅道。

"您怎么知道？"她说，"您都没有抬头看过我的脸。"

"不，我看了的……怎么会没看呢？"

"您当时就看了我两三眼吧……但是您知道您当时是什么样子吗？好像您根本就不想看到我似的。"

她抽回了手："我走开以后，没有告诉我的朋友们您没把我认出来。不然他们肯定会笑您。"

"谢谢。"

她思考了片刻，忽然变得严肃起来："那么，您还想要个那样的妈妈吗？"

有那么一会儿我没想起来这是怎么回事。接着我磕磕巴巴地说："当然……当然……很想。"

"您那时也是这么说的。"

"可能吧……"

她又笑了："但我怎么当得了您妈妈呢？"

"噢，不行，不……"

"当您姐姐还差不多！"

"您多大了？"

"您怎么敢问这种问题？算了，我二十六……您呢？"

"二十四。"

"看到了吧，我可以当您姐姐。"

"对……"

我们沉默了一会儿。我有那么多话想对她倾诉，足可以说满一整年，说到永远……但在那一刻我却一个字也想不起来。她也一样，只是出神地看着远处，手肘撑在桌子上，手随意地覆在白色的桌布上。她那细长美丽的手指微微发红，似乎很冷。我想起来她的手的触感，于是抓住机会，说道："您的手很凉。"

她没有丝毫犹豫便回答："帮我暖暖。"接着把手伸到了我的面前。

我看着她的脸。她的目光大胆又坚定，好像把手伸给一个和她才说了一次话的男人似乎没什么大不了的。难道？我的脑中再次浮现出各种丑恶的幻想。于是我又开口了，希望借此驱散心中的担忧。"在画展上没能把您认出来，请您原谅，"我说，"只是您当时似乎很高兴。还开了我的玩笑……而且，怎么说呢，您和画上的女人一点也不像……您是短发……还穿着短裙和紧身外套……您走的时候，可以说是蹦蹦跳跳的了……那幅画上，您是那么睿智、深邃，甚至可以说是悲伤。评论家们都把您称作圣母玛利亚，我实在很难认出来……但我还是在想……我当时一定是昏了头了。"

"对，您说得不错……我记得您第一天来看展的样子。那天您在画廊里闲逛，好像很无聊，但您突然在我的自画像面前停下了。您看画的时候样子真怪！您身边的人都注意到了。那时我以为您是把我认错成了某个您认识的人。但后来您开始每天都来……我会好奇也很自然。我有时也会走到您旁边，和您一起坐着看那幅画。但您还是没有把我认出来，虽然您偶尔也会转过头来，看看身边这个打扰了您的陌生人。您看着那幅画的时候，身上有一种特别奇怪的吸引力，您似乎迷失在了自己的脑海里……我也说了，我很好奇……所以那天我走过去和您说了话。我的画家朋友们也像我一样好奇……那是他们的主意……但我真希望当时没有这么做……因为之后您就完全不来了……您冲出画廊以后就再也没有回来。"

"我以为您在取笑我。"我说完立刻就后悔了，担心她会生气。但她没有，只是说："您是对的。"

她的目光在我的脸上搜索着："您是自己一个人在柏林，对吗？"

"什么意思？"

"就是说，一个人……身边没有别人……精神上也是独自一人。怎么说呢……您身上有一种气质……"

"我明白……我确实孤身一人……但不仅仅是在柏林……

在这个世界上，我也是孤身一人……从小便是……"

"我也是。"她说，这次她握住了我的手，"有时，孤独简直令我窒息……像条病狗一样孤独……"

她的手愈发用力，把我的手抬了起来，接着她用拳头捶了一下桌子。"我们可以当朋友，"她叫道，"虽然您才认识我，但我观察您已经快二十天了……您身上有种特别的东西……对，我们完全可以当好朋友。"

我疑惑地看着她。她想说什么？一个女人能对我这样的男人提出这种请求吗？我不知道。我毫无经验，对人也不了解。

她看出来了。我也看出了她的担忧。也许是担心自己说得太过火，也许是怕我误会，她又说："您可不准像其他男人一样瞎想……我的话没有别的意思……您只要知道我是个完全坦诚的人……像这样……像个男人……我在很多方面都像个男人。可能这就是为什么我会感到孤独……"

她看了我一眼，然后声明道："而您却有点像个女人！现在我看出来了。可能这也是为什么我第一眼看到您就觉得喜欢您……对，确实是这样。您身上有种东西，总让我觉得您像个小姑娘……"

这么一个刚认识的人竟然也会说出我父母曾对我做出的评价，这让我多么惊讶，又多么难过！

"我一直没有忘记您昨晚的样子。"她继续说道，"我每次想起来都会笑。您就像个小姑娘一样，扭扭捏捏，竭力捍卫自己的贞洁。不过嘛，想逃出范·缇德曼太太的铁爪确实不太容易。"

我吃惊地瞪大了眼睛："您认识她？"

"怎么不认识？我们是亲戚，她是我表姐。但我们关系不太好……其实这也不关我的事……是我母亲对亲戚们态度不好，我们才断了联系。她的丈夫是个律师，后来战死了。我母亲觉得她现在的生活'不太检点'……但我们也管不着。昨晚到底怎么回事？您最后逃脱了吗？你们是怎么认识的？"

"我们住在同一家旅馆里。我后来侥幸逃脱了，她和旅馆里的另一位住户多普科先生很熟。我们在走廊上碰到了他。"

"他们之后可能还会结婚。"

从她吐出这几个字的语气来看，她很明显不愿意再多谈这个话题了。有那么一会儿，我们就这么沉默地坐着。但我们还是在遮遮掩掩地互相打量着，目光一遇上，我们就不由自主地露出笑容，彼此都对自己看到的画面心满意足。

我首先打破了沉默："您有母亲？"

"对！和您一样！"

怎么问了个这么蠢的问题？我真想踢自己一脚。她注意到了我的窘迫，便换了个话题："我还是第一次在这里看见您。"

"是，我从没来过这种地方……但是今晚……"

"今晚?"

我鼓起勇气，说道："我是跟着您过来的。"

她似乎吃了一惊："难道就是您一直在后面跟着我走到了门口?"

"对。您注意到了?"

"当然……怎么可能会有女人注意不到这样的情况。"

"但您一直没有回头看。"

"我从不回头看……"

再一次地，我们陷入了沉默。我能看出来她正在想着什么事。接着她又抬起头，淘气地微微一笑："我就是喜欢玩这种游戏。如果我觉得有人在跟着我，我会克制住自己，一定不会回头看。我只在脑中把所有的可能性都排查一遍。跟着我的是个年轻人呢，还是个喜欢年轻姑娘的糟老头子? 是富得像个王子，还是只是个穷书生? 难道他是个无家可归的酒鬼? 我会通过他们的脚步声来进行判断，这样，我每次都是自己还没意识到便已经走到目的地了……所以，原来今晚是您啊? 但是您的脚步声很犹豫，我还以为您是个老人呢——结了婚的老人。"

她直视着我的眼睛："您是在街上等我吗?"

"对。"

"您怎么知道我今天会经过同一个地方呢？您知道我在这里上班？"

"不，我怎么会知道？我只是觉得，也许……说实话，我其实什么都没想，不自觉地就在那个时间走到了那个地方。然后我担心您会看见我，便躲到了别人家门口。"

"好了，咱们走吧……我们可以边走边聊……"

她看见我有些惊讶，又问道："难道您不愿意陪我走回家？"

我立刻从座位上跳了起来，惹得她哈哈大笑。

"没必要着急，朋友。"她说，"我还得去换条裙子。您在门口等我吧，我五分钟就出来。"

她站起来，提起裙子，脚步轻快地走开了。就在她快要消失在乐队席后面时，她忽然转过身，一双美丽的眼睛定定地看着我。接着她眨了眨眼，亲昵的样子就像我们已经认识了四十年一样。

我唤来服务员，告诉他结账。我的心忽而变得轻快起来，甚至可以说充满了勇气。我看着那个服务员站在我面前计算着账单上的数字，心中翻滚着排山倒海般的冲动。我真想大笑大喊："看看我有多幸福，你们这些傻瓜！"我真想向这里的每一个顾客致意，像久别重逢的老友一样拥抱包括乐手在内的每一个人。

我站起来，大步走向衣帽间。虽然通常来说我都很鄙视此类举动，但今天我主动给了那位把我的帽子递给我的女士一马克①。我走到外面，深深吸了一口气，环视着周围的景色。电闸已经关了，门上的招牌不再熠熠生光，那些波浪和"大西洋"几个大字都完全消失了。夜空澄澈，一轮新月正挂在西边的地平线之上。

一道低沉的声线在我身后响起："您等很久了吗？"

"不，我也才出来。"说着，我转过了身。

她就站在我对面，眼睛忽闪忽闪的，仿佛正在努力下定决心。最后她终于说道："您看上去是个好人。"

但到了这时，我的勇气已经离我而去了。虽然我心里想感谢她，想牵起她的手，想吻她，但到了现实中我却只能低声说："真的吗？我也不清楚。"

她过来挽住了我的胳膊，自信的姿态令我放了心。她用另一只手托起我的脸，以一种哄小孩一样的口吻对我说道："噢，您真的太单纯了，不是吗？简直纯洁得像个小姑娘。"

我羞得满脸通红，只能看着地上。我不喜欢被一个女人如此随意地对待，幸好她也没有再得寸进尺。她放开了我的下巴，也松开了我的胳膊，手垂到了身侧。最后我抬起头，却惊讶地发现她看上去好像十分震惊，甚至还有几分惭愧。她的脸颊也红了，一直红到脖子上。她半闭着眼睛，像是不敢看我。一个问题忽然蹦入我的脑海：她为什么要做出那么

① 马克为当时德国通行的货币单位。

轻佻的样子呢？显然她本性并非如此……但是她又何必装出这种态度呢？

她似乎看出了我的想法。"我就是这样，"她说，"我是个奇怪的女人……如果您想做我的朋友，那您还有很多东西需要适应。我有点变化无常，工作的时间也不太正常……我得警告您，我的朋友们都觉得我这人不太安分，容易惹人讨厌……"

接着，她好像又对如此责备自己而感到有些生气，便换上了一种十分尖刻的语气，甚至可说有些粗鲁："但随您的便吧……我不需要朋友，我也不会主动去交朋友……我不愿依赖别人好意的施舍。我谁都看不上……所以随您怎么办吧……"

这时我用我一贯的胆怯口吻说："我会努力去理解您。"我们沉默地走了一会儿。她又用手挽住了我的胳膊，开始侃侃而谈。她的声音很平静，仿佛我们正在说什么无关紧要的事一样。

"您想要努力理解我？那不错……但是我警告您，您的努力最后可能只是白费功夫。偶尔我也会想想，也许我能交到好朋友。时间会证明一切的。如果我以后常因为一些小事和您吵架，您也别介意。我不是针对您个人。"

她在街道中间停下来，冲我摇了摇手指，好像正在让孩子听话："有件事您得记住。一旦您想从我这里得到什么，我们的关系就结束了。您不能向我要任何东西……任何东西——您听到了吗？"她的样子就像正和某个无形的敌人对峙一样，连声音里都染上了几分愤怒的色彩。"您知道我为什么恨您吗？——您和这个世界上的其他所有男人。因为你们想从我们这里得到的东西太多了，好像你们生来就有这个权力似的……记住我的话，因为你们向女性索取的时候可能连一个字都不用说……男人就是这么看我们，就是这么冲着我们微笑的，他们就是这么伸手讨要的。简单地说，他们就是这么对我们的……只有瞎子才看不见他们那副自以为是的神态，他们达到目的时的那副蠢样。您只需要看看当他们的要求被拒绝时所表现出来的那副震惊的神态，就能知道他们到底有多自负。您看出来了吧，他们就是猎人，而我们则是他们可悲的猎物。我们的责任呢？就是点头哈腰，给他们提供他们想要的一切……但我们不该这样。我们不应该出让一分一毫的自我。太恶心了，这种男性的骄傲和自负……您懂我的意思吗？对，没错，这就是为什么我觉得我们能成为朋友。因为我没有在您身上看到那种男性惯有的骄傲的痕迹……但是我也不知道……一匹狼哪怕嘴里还叼着羊，也能用微笑掩饰自己的残暴……"

她说话的时候我们又继续走了起来。她走得很快，愤怒地打着手势，时而看着地面，时而看向天空。有时她说到一半会忽然停下来，好像所有的话都已经说尽了一样。然后她便会眯起眼睛，继续向前走。

094

　　我们就像这样走了一会儿，再次陷入了漫长的沉默。我走在她身边，胆战心惊，一言不发。直到我们来到蒂尔加滕附近的一条街上，她停在了一栋三层高的石头建筑前。

　　"我就住在这里……和我母亲一起。"她说，"我们可以明天再继续聊……但是别来俱乐部了……您就当是为了您自己好吧……我们明天白天见吧……我们可以一起散散步。我可以带您看看我在柏林最喜欢的一些地方，不知您会如何评价。那么，晚安了……等等！我还不知道您的名字！"

　　"莱夫。"

　　"莱夫？就这样？"

　　"哈提普·扎德·莱夫。"

　　"太难了……我怎么可能记得住？我都不知道该怎么发音。我就叫您莱夫行吗？"

　　"我也更愿意让您叫我莱夫。"

　　"那您就叫我玛丽亚吧……我也说过了，我不喜欢欠别人人情。"

　　她又露出一个微笑。虽然自我们见面以来，她的表情一直在不断地变化着，但现在她的脸上却带着朋友般的和善。她伸出手，握了握我的手，又用柔和到近乎歉疚的声音向我道了晚安。接着她拿出钥匙，转身离开了。我也慢慢开始往回走，但还没走到十步，我便又听到她在叫我。

　　"莱夫！"

我转过身等着。

"回来！回来！"她的声音听上去似乎正憋着笑。接着，她又用礼貌到夸张的语气说："我很高兴我们已经进展到了可以互称名字的阶段了。"她从楼梯顶部朝着我走下来，我抬起头，但四周一片漆黑，我什么也看不见。我等着她继续往下说。她好像仍处在大笑的边缘，但努力保持着严肃："您要走了？"

我的心跳漏了一拍。我向前走了一步。我能留下来吗？我不能确定。虽然理智劝我保持清醒，但心中的希望却仍旧兀自暗暗地蔓延开了。

"您要我留下吗？"

她下了两级台阶。街灯照亮了她的脸，那双深色的眼睛此刻闪烁着狡黠的光亮，其中盛满了好奇："您不知道我为什么叫您回来？"

噢，我知道……我回来是为了扑进她的怀抱。但同时我也感受到了一阵强烈的失落、震惊，甚至恶心。我脸红了，眼睛望向了地面。不，不！我不想这样。

她的手轻抚着我的脸颊："怎么了？您看上去似乎快哭了。看来您真的需要一个妈妈，而不仅仅是一个姐姐……告诉我吧，您刚才真准备走了？"

"对。"

"您不会再来'大西洋'找我了……我们之前已经说

好了。"

"对。明天我们会在白天见面。"

"在哪里见呢?"

我一脸傻相地看着她。我从没想过这个问题。我哀怨地小声问道:"您就是因为这个把我叫回来的?"

"当然……您真的和其他男人不一样……他们那些人,首先想到的就是要把一切都安排好。但您却就这么走了……您要找的人可不会总是就这么出现在您想让他们出现的地方,就像今晚这样。"

这时,一个可怕的念头攫住了我。我害怕地想到,要是摆在我面前的只是一段平平无奇的情事该怎么办?要真是这样,我可绝对接受不了。我决不可能以这种方式看待穿裘皮大衣的玛丽亚。我宁愿因为愚蠢和幼稚而被她抛弃。即便如此,这样的念头也令我伤心不已……我想象着她在我离开后嘲笑我的样子——嘲笑我的天真和懦弱;我想象着自己对所有人和事都失去了希望,从此将自己和世界隔离开来。

但接着我又找回了平和。我为自己竟会产生如此无礼的怀疑感到羞愧,能拥有这样一个朋友足以驱散我所有的怀疑,我心中充满了感恩。我以连自己都未曾察觉到的勇气说道:"您真是一个不同寻常的女人。"

"别急着下定论……对待我这样的人,您得谨慎一点才行。"

我抓住她的手吻了吻。此刻，泪水已经盈满了我的眼眶。她忽而靠近了我，近到我几乎可以拥她入怀。我看着她眼中温暖的光亮，觉得自己的心跳都快停止了。天堂触手可及。但接着她的表情忽然严厉起来。她抽回手，直起了身子。"您住在哪里?"

"卢佐街。"

"离这儿不远……您明天下午过来接我吧。"

"您住在哪间公寓?"

"我会在窗边等您。您没必要上来。"

她用钥匙开了门，走了进去。

这次我急匆匆地离开了。我的身体从未如此轻盈过。玛丽亚的形象在我脑海中挥之不去。我不断低声喏嚅着。我在说什么? 我集中起精神，意识到自己正在不断地重复着她的名字，我无法控制自己，只能轻笑一声。等我回到旅馆时，已是接近黎明时分了。

这是我自童年时代起，第一次在入睡时既没有去幻想那些毫无意义的人物，也没有反思刚过去的这令人绝望的一天。从前，每一天对于我来说都和前一天无甚差别，都同样空虚无望。

第二天我没有去工厂。下午两点半左右，我出发穿过蒂尔加滕，向玛丽亚·普德的公寓走去。我不知道现在去会不会太早。她昨天工作到那么晚，今天肯定很累，我实在不愿打扰她。我对她的同情简直漫无边际。我想象着她躺在床上，秀发铺满整个枕头，呼吸平缓深沉。对我来说，世上再没有什么东西能比这幅画面给我带来更多的幸福感了。

这一生，我一直都紧闭着心门，从未体验过什么是爱。但现在这些门忽然都被打开了。我那从未被消耗过的激情汹涌而出，席卷了这个美丽的女人。

但我也清楚地知道，我对她几乎毫无了解。我的所有评价都是建立在我自己的幻梦和想象之上的。不过，与此同时，我又非常确定它们决不是我自欺欺人的产物。

我这一辈子都在等着她一个人。我寻找她，在我的四周搜寻着关于她的蛛丝马迹。苦涩的过往经历让我对未来有了一定的预见，而且这种预见几乎从不出错。我过去总爱相信理智和经验，而不愿追随自己的判断，哪怕我脑中形成的第一印象总是十分准确的。每每遇到这样的情况，我都会觉得是自己判断得太过仓促。我给自己留出余地，但最后却总会发现自己从一开始就是对的，只是后来被外部因素动摇了而已。

现在，玛丽亚·普德已经成了我生命中不可或缺的一部分了，我无条件地接受她的一切。一开始，这种感觉确实很让人费解。我怎么可能会如此渴望一个才刚认识的人呢？但是，世事不是一直就是这样吗？只有遇见了，方才意识到自己内心的渴望。当我回头看自己的人生时，目之所及全是空虚和荒芜，而这只是因为那里没有她的痕迹。我一生都在回避他人的陪伴，也从未和任何人分享过自己真实的想法。但现在看来，这是多么徒劳，又是多么荒唐！我曾以为，击垮我的是生命本身，而我的悲伤只是一种精神上的痼疾。花上两个小时读书能带给我的快乐，甚至多于两年真实的人生。而每到这种时候，我便会再次想起生命的毫无意义，再次陷入绝望的泥沼之中。

但自从第一次看到那幅画以来，一切都发生了改变。过去的两个星期比我以往的人生还要充实。每一天，每一个小时，都是充实的，哪怕在睡梦中也是如此。被唤醒的不仅仅是我疲劳的四肢，还有我的灵魂。我终于看到了那被掩埋已久的人生壮景。玛丽亚·普德让我知道，原来我也有灵魂。而在克服了困扰我一生的恶习之后，我看到，她也是有灵魂的。确实，人人都有灵魂，但大多数人在这世上来了又走，却从未察觉到自己究竟错过了什么。灵魂只在发现它的伴侣时才会走到台前，因为只有在那时，它才会感到无须借助语言便能让自己被对方理解……只有在那时，我们才算真正开始生活了——带着灵魂生活。两个灵魂相拥的一刻，所有的怀疑和羞耻都可以被抛到一边，所有的规则都可以被打破。我不再感到拘束，只想向她坦白我的心意，向她倾诉我所有的念头——好的、坏的，软弱的、坚强的……什么也不遮掩，什么也不保留。我有那么多话想对她说，足可以用尽一生的时间。我已经沉默了一辈子，无论何时感到自己有倾诉的冲动，我都会立刻改变主意。"何必呢?"我问自己，"说了又怎么样呢?"过去我总用理智抑制自己的冲动，凭借最细微的证据就认定他人根本无法理解我。但这次，我的第一印象是如此地坚定：她绝对能够理解。

我沿着蒂尔加滕的南面缓缓而行，最后终于来到了运河旁。站在桥上，我能看见玛丽亚·普德住的那栋房子。时间刚过下午三点，阳光在窗户玻璃上闪闪发亮：我看不清它们后面藏着谁的脸。于是我伏在桥栏杆上，注视着桥下静止的河水。很快，淅淅沥沥的小雨落下，引得河面一阵波动。远处，一艘驳船正在卸货，运下各种水果和蔬菜。旁边的码头上，一列手推车正在等待着。树叶从运河两边的大树上飘摇而下，在半空中打着旋儿。这阴沉又凄凉的景色是多么美丽！这空气又是多么湿润而清新！这才是生活应有的模样：当时间的车轮不可阻挡地向前行驶时，生活的每一次颤动和摇摆却都和自然相得益彰。珍视每一个瞬间，每一个组成了生命的时刻，相信时间为我展示的一切从不曾有第二个人见过。从不忘记世上还有这么一个人，与她，我能畅谈自己所有的遐思。我只需要等待……

还有什么能比这更让人心动？很快我们便会一起在这些湿漉漉的大街上漫游，在某个安静昏暗的角落里坐下，互相凝望。我有那么多想法可以对她倾诉——那些我甚至对自己也从未承认过的想法，那些忽而降临又忽而远走，只为给后来的念头腾出位置的想法。我将牵起她的手，用体温温暖它们。无须多言，只消一句，我们便能合二为一。

快三点半了。不知道她起床了没有。我该直接去她家，在那里等她吗？她告诉我她会在窗户里看着我。她是认为我会在那里等她吗？她真的打算和我见面吗？我赶走了心中的疑问。仅仅是提出这样的问题，也代表了我不够信任她。这实在不值得：我辛辛苦苦在头脑中搭建好一个关于她的完整概念，并不是为了在最后将它一举摧毁的。但现在，无数种可能的猜测同时向我袭来。也许她病了。也许她有什么急事，现在已经出门了。一定是这样。幸福不可能来得那么突然。随着时间分分秒秒地流逝，我也感到越来越慌乱。我的心跳个不停。这种事情，这种夜晚，一生只会出现一次。我不该期盼奇迹还能再现。我已经开始寻找自我安慰的方法了。我告诉自己，也许就这样贸然走上一条新的道路并不很明智，因为现在我能看到的，也不过只是黑暗而已。就这么回到从前的寂静，重又过上那种麻木的生活，不是会更轻松一点吗？

我转过头，看见她正在向我走来。她穿着一件薄薄的雨衣，戴着一顶淡紫色的贝雷帽，脚上踏着一双低跟皮鞋，脸上挂着微笑。她伸出了手，对我说道：

"您一直在这里等我吗？您来了多久了？"

"一个小时。"

我的声音在颤抖。她以为我在抱怨，便语带责备地逗我说："这该怪您，先生。我也已经等了一个半小时了，刚才终于发现了您，而且还是偶然发现的。您似乎更喜欢待在这里享受自然的韵律，而不是走到我家门前！"

原来她确实在等我。也就是说，我对她来说也是个重要的人。我看着她的眼睛，感到自己仿佛是一只被主人抚摸了的小猫："谢谢。"

"谢我什么？"

我还没来得及回答，她便挽住了我的胳膊："来吧，咱们出发吧。"

就这样，我完全投降了。我们的脚步很轻快，我不敢问她我们要去哪里。我们都没有说话。虽然我绞尽脑汁地搜寻着话题，但同时我也十分享受这种宁静。不过我的思绪已经完全离我而去了。我越是想找话说，脑子里就越是空空如也，仿佛我的头脑现在已经完全退化为一块突突直跳的死肉一般。她深色的眼睛一直盯着地面。虽然她保持着沉默，但脸上却挂着微笑。她的左手搭在我的胳膊上，右手则似乎正在指着远处的什么东西。

我再次看向她的脸。她好像正在沉思着什么问题，浓密不羁的眉毛皱在了一起，眼皮上覆盖着一层淡淡的蓝色。小小的雨点挂在她黑色的长睫毛上，微微颤动着。她的头发也被淋湿了。

这时她忽然转过头，问道："您干吗盯着我?"

这个问题我已经问过自己了：我怎么会如此大胆地盯着一个女人? 我以前可从没这么做过。而且，为什么在她直接询问我以后，我竟然还有勇气坚持下去，甚至还能问："您不想让我看吗?"

"不，不是这样，我就是问问……可能我也想让您看。可能这就是为什么我会问您。"

她若有所思地看着我。我无法再承受那双黑眼睛带来的压迫感，问道："你是土生土长的德国人吗?"

"对，您为什么要这么问?"

"你不是金发，而且你的眼睛也不是蓝色的。"

"确实。"

她再次露出近乎微笑的神情，但这次我感到她似乎有些犹豫。

"我父亲是犹太人，"她说，"我母亲是德国人。但是她也不是金发。"

我很好奇，又问："所以你是犹太人吗?"

"对……希望您别介意我这么问，但您仇视犹太人吗?"

"当然不……我的同胞们没有这种偏见。我只是没想到你会是犹太人罢了。"

"对，我是犹太人。我父亲来自布拉格，但他在我出生前就改信天主教了。"

"那你也是天主教徒了?"

"不……我不信教。"

我们走了一会儿。她又沉默了下来,我也没有问题可问了。我们慢慢走到了城郊。我不知道我们究竟要去哪里,毕竟在这种天气下,她也不会领着我到郊外散步。雨还在下,和之前一样。过了一会儿,玛丽亚忽然问我:"我们要去哪儿?"

"我不知道。"

"您不好奇吗?"

"你带我去哪儿,我就去哪儿……你想去哪里都可以。"

她转头看着我,那张苍白而湿润的脸颊仿佛一朵被露水浸透的白花:"您太顺从我了……难道您自己没有想法吗?没有想做的事吗?"

我提起了她昨晚说的话:"你让我不要对你提任何要求。"

她不说话了。我等了一会儿,接着说:"还是说,你昨晚说的话不是真心的?你现在改变主意了吗?"

"不,不!"她叫道,声音有些愤怒,"我说的每个字都是真心的……"

接着她又陷入了沉思。我们来到了一座四周围着铁网的大花园前。

"我们要进去吗?"她问道。

"这是哪里？"

"植物园。"

"你决定吧。"

"好吧，那就进去……我自己总爱来这里，尤其是下雨天。"

园内空无一人。我们在铺满沙石的小路上游荡了一会儿。虽然时节已是深冬，道路两旁树上的叶子还没落光。我们经过了几座小池塘，池旁散布着一些长满青苔的石头，岸上杂草丛生，开着各种颜色的小花。水面上浮着硕大的叶片。拱形的温室里种着热带地区才有的花卉和树木，玛丽亚看着它们粗壮的树干和小小的树叶，说道："这是全柏林最漂亮的地方。每年这个时候，来这里的人都很少，园内时常空无一人。而这些千姿百态的植物总会让我想到那个遥远的国家，那个我渴望一见的地方……这些植物从它们最适宜的土壤中被连根拔起，带到这里，种在这么一个人工的环境里，被人小心翼翼地照顾。每当我想到这些，我就愈发同情它们的处境。您知道柏林一年之中只有将近一百天的时间有阳光，其他的两百六十多天都阴云密布吗？对于这些适应了温暖和光亮的叶子来说，温室和人造灯光又怎么足够呢？但它们还是活了下来，努力不让自己枯萎。但这也能叫活着吗？把活生生的植物从自然的环境里夺过来，囚禁在这样的监牢中，只为了让几个感兴趣的人能看到它们。这难道不是在折磨它们吗?"

"但是你自己不也对它们感兴趣吗?"

"对,但我每次来这里都觉得非常难过。"

"那你为什么还要来呢?"

"我也不知道。"

她在一条湿漉漉的长椅上坐下来,我也在她身边坐下。她伸手擦掉脸上的雨滴,说道:"每次看到这些植物,我都会想到自己。也许它们让我想起了我的祖先,几个世纪以前,他们居住的土地上也长着这样的奇花异草。我们不也像它们一样,被人连根拔起了吗?我们不也被赶出了自己的土地,就这样漫游于世吗?您大概会觉得,这不是什么值得纠结的事情。其实,我也觉得没那么重要。我不过是借由这些植物来思考,来想象罢了。您看,我总是活在自己的思绪里。相比起来,我真实的生活就像一场枯燥无味的梦。您也许会觉得我在'大西洋'的工作很令人沮丧,但我自己倒觉得无所谓。实际上,我有时甚至会觉得那是一种消遣……不管怎么说,我做这份工作全是为了我母亲。我要照顾她,一年画几幅画并不足以支撑我们的生活……您画过画吗?"

"就画过很短的一段时间。"

"为什么不画了?"

"我觉得自己没有天赋。"

"这不可能……就凭您在画廊里看画的样子,我就能看出您确实有画画的天赋……倒不如说，您是没有勇气。但这不行，对吗？一个男人不能承认这种事……我是为了您才这样说。因为我自己确实是有勇气的。我想画画，想表达我从人们身上看到的东西，有时我甚至渴望成功。但是，转念一想，成功也毫无意义……那些被我嘲笑的人，永远也不可能理解我的画，但那些理解的人，又永远也不可能被我嘲笑。也就是说，我认为绘画和其他所有艺术一样，不会回应任何人——因此它注定无法实现它所渴望的一切。即便如此，这仍然是我人生中做得最认真的一件事。这也是我并不希望靠画画为生的唯一理由。我不愿画我自己不想画，而人们希望我画的东西……决不……我宁愿到大街上出卖肉体……对我来说，这无关紧要。"

她重重地拍了一下我的膝盖："就是这样，我的朋友。到最后我们没有任何区别。昨晚那个醉鬼亲吻我的背的时候，您也在，对吧？为什么不呢……他完全有权这样做。他花了钱……而且人人都说我的背很诱人……您也想亲吗？您有钱吗？"

我哑口无言地坐着，愤怒地眨着眼睛，咬着嘴唇。玛丽亚注意到我的表情，皱起了眉头。她的脸比之前更苍白了："不，莱夫，我不想这样……绝对不想……要是世上还有什么东西是我无法承受的，那一定就是怜悯。一旦我看见您开始怜悯我了，我便会立刻和您道别，您将再也不会看见我……"

　　她看到我满脸的震惊，明白了我才是需要被怜悯的那个人，便把手放到了我的肩膀上。"别介意，"她说，"只是，我们不应该对那些可能在日后伤害我们之间感情的事避而不谈。有时候，懦弱会造成伤害……该怎么办呢？如果我们发现我们合不来，最多也只是说声再见，之后便会走上不同的道路……这有什么可悲的？孤独本来就是生命的本质——难道您不这么认为吗？所有的结合都建立在谎言之上。人们对彼此的了解是十分有限的，剩下的只不过是个人的幻想罢了。某天，当他们认识到了自己的幻想是一个错误的时候，便会绝望地转身逃走。要是人们不再将自己的幻想当作现实，这一切不就不会再发生了吗？要是人人都能接受自然的东西，那就没人会失望，也没人会诅咒命运了。我们有权认为自己的境遇值得怜悯，但怜悯的对象只能局限于我们自己。怜悯他人就是认为自己比别人优越，这就是为什么我们决不能认为自己强于他人，或者他人比自己更加不幸……咱们走吧？"

　　我们都站了起来，抖掉外套上的雨滴。潮湿的沙子在我们的脚下嘎吱作响。

　　夜色降临，但街灯还未亮起。我们顺着原路快步往回走去。这次是我挽住了她的胳膊。我像个孩子一样依偎着她，将头紧靠着她的头，心中的喜悦夹杂着淡淡的哀愁。虽然我为我们的想法如此相似、我们的关系已然如此亲密而感到快乐，但我仍然很害怕，害怕有一天她也许会离开我，或对我隐瞒真相。我担心我们会不愿在谎言中苟活，无论代价有多么巨大。内心深处，我听见一个微弱的声音在警告我：一旦你看到了一个人真实的面目，一旦你接受了赤裸裸的现实，那么不管她是谁，你都不可能再和她建立起亲密的关系。

但我实在不愿直面赤裸裸的现实，因为我知道这样的现实只会将她从我身边夺走，而我绝对无法承受这种损失。我们都在对方身上发现了难得一见的最宝贵的东西，既然如此，难道我们不是更应该互相体谅，不去吹毛求疵吗？不是更应该心甘情愿地牺牲微不足道的真实，以换取更加伟大的真相吗？

这是一个有着准确且明智的判断力的女人。正是她伤痕累累的过去，让她得出了这些来之不易的结论。她经历坎坷，也曾眼睁睁地看着身边的人们一个接一个地被伤害，有这样的想法是很自然的。她憎恶与那些她从未主动选择过，也从未真正喜欢过的人们为伍。由于她被迫在自己不喜欢的人中间强颜欢笑，这令她不肯轻信任何人。但我却一直都和他人保持着距离，从未打扰过他们，他们也从不来打扰我，所以我的心中并无怒气。吞噬我的，不过是我的孤独而已；引领着我以无数种方式背叛自己的，也正是这种孤独。

我们来到了城市中心。街道上人来人往，灯火通明。玛丽亚·普德陷入了沉思，似乎心中还有一丝难过。我胆怯地问道："您在苦恼什么？"

"不，"她回答，"今天没发生什么令我苦恼的事。其实我很高兴我们可以一起散散步。至少我觉得我很高兴……"

显然，她的脑中正在想着别的事。她的眼睛似乎看穿了我，她脸上的笑容奇怪又令人不安。这时她忽然停在了大街中央，说道："我不想回家。来吧，我们去吃点东西。我们继续聊聊吧，聊到我去上班。"

这个意想不到的邀约令我精神大振。我的激动令她警惕起来，于是我很快控制住了自己。我们来到了城市西面的一家相当宽敞的餐厅，里面的人不是特别多。餐厅的一角里，一些穿着传统服装的巴伐利亚女人正在弹奏着乐器。我们在一张桌边坐下来，点了菜和酒。

到了这时，我的同伴身上那种沮丧的情绪已经传染了我。我心里有一种压抑且不安的感觉，但却不知道这是为什么。她注意到我心情低落，便努力想挣脱自己的思绪，让自己放轻松一点。她微笑着从桌子那边靠过来，拍了拍我的手："干吗板着脸？小伙子第一次和女伴共进晚餐时，可得表现得活跃一点才行！"她的语气很轻快，但她说这话显然不是真心的。很快她又陷入了思索，似乎是为了给自己找点事做，她的目光在其他桌的客人身上来回扫视着。她抿了几口红酒，转过头看着我："我该怎么做？怎么做？就是这样——我总是这个样子！"

　　她到底想说什么？我很难不从她的话中解读出一层黑暗的含义。无论她不能做的事究竟是什么，我都必然会因此而伤心。这一点我还是知道的。但我知道的也就这么多了。

　　她似乎很难把自己的眼神从停留的地方挪开。我看到她那张如同珍珠母一般苍白的脸颊不时地在轻轻抽搐。她又开口说话了，声音中带着一丝颤抖，仿佛她正在努力压抑着自己的激动："不管怎样都请您不要生气。我还是完全坦白比较好，至少比在虚伪的希望中迷失自我强。但是求您，不要生气……昨晚我走到了您身边，要您送我回家，邀请您今天和我一起出来……但我不爱您……我还能怎么办呢？和您在一起我觉得很快乐，我甚至多少有点被您吸引了。在您身上，我发现了从未在其他男人身上看到过的品质，但也就这样了……和您聊天，聊聊这世上发生的所有事情，喋喋不休地说个不停……吵架，然后又和好，这些都让我高兴。但是爱情？我无法给您爱情……您可能会想，我为什么又没头没脑地谈到这个……那我就再说一次吧，我不愿现在给您希望，又在之后让您的希望破灭。我必须说清楚，我究竟能给您什么，不能给您什么。因为我不想让您在以后控诉我，说我是在玩弄您的感情。虽然您确实和其他人不同，但您也是男人。而我认识的所有男人一旦意识到我不爱他们，也永远无法爱上他们后，便全部离开了。有的伤心，有的生气……但为什么他们在道别的时候，总认为我才是应该被责备的那

个？就因为我没有给他们我从未承诺过的东西？就因为他们
自己觉得事情本来不该是这样？这公平吗？我不想让您也这
么看我……您可以看作是我在为您好……"

她的话令我大吃一惊。我努力保持着平静，说道："你
说这些有什么必要呢？给我们的友谊定下各种条件的，是
你，不是我啊。你想怎样，我们就怎样。"

她愤怒地抗议道："不！不！这可不行。难道您不明白？
您现在的表现就和其他男人一样——您装出接受了我的条件
的样子，只是为了赢得我的好感。不，我的朋友！您别想用
好听的话糊弄过去。想想吧，我努力想做到开诚布公，哪怕
这么做对我来说其实有害无益，哪怕这对别人来说也有害无
益。但现在，我的努力完全白费了。男人和女人本来就很难
理解对方的需求，我们的感情又是那么地模糊不清，我们根
本不知道自己在做什么。我们只是随波逐流，迷失在了这种
浪潮之中。我不想这样。要是我被迫去做那些在我看来既无
必要，也没有乐趣的事情，我便只能憎恨我自己……但我最
恨的，还是女人总是得做被动的一方……凭什么？凭什么总
是我们逃走，你们来追？凭什么总是我们屈服，你们得逞？
凭什么即使是在恳求的时候，你们也总带着主宰一切的自
信，总在怜悯我们？我从小就在反抗这种压迫。我接受不
了，永远也接受不了。为什么我会是这副样子？为什么其他
女人对此毫不在意，偏偏只有我那么看重？我常常想到这个

问题。我问自己，是不是我不正常？但是，不！正相反，我渐渐相信我才是最正常的那个人。我会这样，仅仅是因为我从小便远离了那种让其他女人接受自己命运的影响。我父亲在我很小的时候就死了，家里只有我和我母亲。她是个典型的顺服的女人，根本无力独自度过一生，可能她从一开始就从未具备过这样的能力。我七岁便已经开始操持家里的大小事。我才是那个引导她、支持她、为她提建议的人。我们之间没有任何男人横加阻拦。自然地，我对同龄人的那些无聊幻想鄙夷至极。我从没学会过如何讨男孩们的喜欢，也从来没想过要学。我在他们身边时从不脸红，也从不逗他们夸我。这就注定使我变得极为孤立。我的女性朋友们和我也毫无共同点。对于她们来说，比起成为一个真正的人，她们反而更愿意成为一种欲望符号，一个讨人喜欢的玩偶。但我也不想和男生做朋友。他们总在女性身上寻找着一种柔软的内核，要是他们没找到，发现我其实和他们是一样的，他们便会立刻逃走。我实在太懂这些男人的力量和野心是从何而来的了。这世上再也没有什么动物会像他们一样满足于这种肤浅的成就，也没有什么动物能像这样既自负、傲慢、自我，又懦弱无比、贪图安逸。一旦意识到了这些，我就再也不可能真的爱上任何一个男人了，哪怕是那些我最喜欢的、和我最相似的男人也同样。我总是会发现这样的时刻：一些微小的刺激便足以激得他们亮出他们的獠牙；每当我们在一起，

114

带给对方同样的欢愉后，他们便会悄悄贴上来，蠢头蠢脑地叹口气，要不跟我道歉，要不就说要保护我。那副样子简直就是在宣布他们已经完全征服了我……但其实这样只能让我看到他们有多可怜，多可悲。没有一个女人能比一个被感情冲昏了头的男人更可悲，更可笑。但他们却觉得很骄傲，把这视作是他们身上的男子气概的证明。我的天！这简直要把我给逼疯了……要不是因为我清楚自己心里没有任何违背自然的冲动，不然我真是宁愿去爱一个女人。"

她停下来看着我的脸，接着她喝了一口酒。这番长长的自白似乎驱散了她心中的阴霾。

"您怎么一副惊讶的样子?"她问，"别担心，不是您想的那样。虽然我其实更希望那样。我不会这样玷污自己的灵魂的……只是您也知道，我是个艺术家。对于美，我有自己的标准……我不认为爱一个女人是美的……怎么说呢……这样的话，审美便被颠倒了。再说，我是个崇尚自然的人，我一直都不愿违背自然的规律……这也是为什么我觉得我只能爱男人。但得是真正的男人：能够不用蛮力便轻易将我俘获的男人；不向我索取，不控制我，也不折辱我的男人；爱我的、陪伴我的男人……现在您知道我为什么不能爱您了吗?虽然我们认识的时间不长，但我已经知道您不是我在寻找的那个人了……您身上一点都没有我刚才提起的那种傲慢……您就像个孩子，或者说，更像是个女人，像我母亲一样的女人——您需要有个人来照顾您，我可以做这个人，如果您希望如此……但就这样了，我们可以做很好的朋友。您是第一个没有打断我的话的男人，您也没有让我放弃这种想法，没想说服我。我是说，您是第一个真正倾听我说话的男人，一次也没想要训导我……从您的眼神里我能看出，您理解我。我说过了，我们可以当很好的朋友。我把一切都毫无保留地告诉您了，您也可以这么向我倾诉。这样足够了吗？要是仅仅为了我们的关系能更进一步，便抛弃现在得到的一切，不是太可惜了吗？我不愿意这样。我昨晚告诉您，我的情绪波动很大，但您不该因此就误会我。我内心深处最本质的东西其实永远都不会改变。告诉我吧，您愿意做我的朋友吗？"

她的这番话令我茫然失措。我最不愿意的就是给我们的关系下一个定论，因为我对此毫无把握。我只有一个愿望，那就是待在她的身边，无论我将因此付出怎样的代价。其他的都不重要了……我不习惯向别人讨要他们无意给予我的东西。但不管怎样，我的心情也因此而沉重了起来。我凝视着她漆黑的双眼，那双眼睛里阴云密布，闪烁着恳求的目光。我思忖着回答："玛丽亚，我完全理解你……我明白你过去为什么觉得自己必须得做出这种解释，而且我很高兴，我知道你这么说只是为了避免伤害我们日后的关系。这意味着，对你来说，我们的友谊是珍贵的……"

她赞同地点点头。我继续说："可能你的这种解释并没

有必要。但你怎么知道呢？我们也只是才认识而已。还是小
心为妙……我的经验不如你那么丰富。我只和几个熟人来
往，而且一直都是独居。现在我看出来，其实我们的境遇都
一样，只是道路不同罢了：我们都在寻找着一个人，一个我
们能与之厮守的人。要是我们发现彼此正是这个人，那该有
多好……这才是最要紧的事，其他的事都得排在它之后。至
于你说的男人和女人的关系，你尽可以放心，我绝对不是你
害怕的那种人。虽然我从没有过恋情，但我心里清楚，只有
在对方身上看到了和我一样的力量和自尊，我才有可能爱上
她。你刚才提到折辱，在我眼里，一个男人如果故意去折辱
他人，那他就是在否定自己的人格，羞辱自己的意志。我也
热爱自然，说实话，我越是远离人群，就越是想要亲近自
然。我的祖国是世界上最美的地方之一。历史书上说，许许
多多的文明都曾在那片土地上被孕育和被摧毁。我过去常常
躺在那些千百年前种下的橄榄树下，想象着在这漫长的岁月
中，人们是如何采摘树上的果实的。那里的山坡人迹罕至，
遍布着松树。漫步于其间，时常会见到大理石修建的桥和刻
着字的石柱。这些都是我童年时的记忆，它们为我的幻想提
供了养分。在我心中，大自然的规律比其他所有东西都要神
圣。所以，忘掉这一切，让我们的友谊自然地发展吧。别把
它逼上错误的道路，也别提前下什么定论，人为地阻碍它的
发展。"

　　玛丽亚用指尖敲了敲我的手："看来，您并不如我想象中的那么孩子气。"她说完，用忧虑的眼神打量着我。她圆润的下唇微微噘起，让她看上去像个马上就要哭鼻子的小姑娘。但她的目光却盛满了思索和探寻。我有点吃惊，她的表情竟能如此迅速地发生戏剧化的转变。

　　"您可以向我讲讲关于您的生活以及您的故乡的一切，还有那些橄榄树。"她说道，"而我则可以告诉您一些我童年时代的经历，和我对我父亲的记忆。我觉得我们肯定不愁没话讲。但这里噪音真大，可能是因为客人太少了吧……这些乐手总想吵吵闹闹地演奏来哄老板高兴。唉，您可不知道这种地方的老板都是些什么人！"

　　"他们很粗暴吗？"

　　"对，非常粗暴。在这种地方，你更能看清楚男性的真面目。比如说'大西洋'的老板吧。他是个很讲礼貌的人，不仅仅是对待客人，对于其他不是来照顾他生意的女人也是如此……要是我没在他的夜总会工作，他肯定会像个男爵一样追求我，让我对他风度翩翩的样子神魂颠倒。不过，一旦涉及金钱，他就完全换了一副嘴脸。我觉得这就是他的'职业道德'，说得更准确一点，其实是他的'赚钱道德'。在我们面前，他的态度便会变得很粗暴，甚至可以说是残酷，完全不合规矩。他这么做，与其说是为了维护他辛苦建立的事业，倒不如说只是害怕被骗而已。他可能是个好父亲，平时也遵纪守法，但您要是看见他是怎么一门心思地想卖了我们——不仅仅是我们的歌喉、笑容和身体，还有我们的人性，您肯定会感到毛骨悚然。"

这席话在我心中引起了些微共鸣："你父亲是做什么的？"

"我没告诉过您吗？他是个律师。您问这个干什么？您是好奇我怎么会落到这种下场的吗？"

我什么也没说。

"您似乎并不是很了解德国。我这种情况在这里并不罕见。我父亲留下的钱足够让我上完学，我们当时其实并没有穷到这种地步。战争期间，我去当了护士，后来又继续上学。但是，因为通货膨胀，我们存下来的那点钱很快就用完了，我必须出来赚钱。我不是在抱怨，工作没什么不对的，只要不让人失了尊严就行。我只对一件事不满，那就是我只能和一群不知餍足的酒鬼一起工作。他们的眼神……说他们像动物也不对……因为那样不就是很自然的事了吗？他们连野兽都不如，就是一群靠残忍、虚伪和欺诈活着的下流坏子……真恶心！"

她看了看周围。乐队演奏的声音比刚才还大，一个穿着巴伐利亚传统服装的女人一边唱着一首欢快的山歌，一边摇着玉米穗般的头发，不住地转着圈。

"来吧，咱们找个安静点的地方坐一会儿吧。现在时间还早。"玛丽亚说。接着她又认真地看着我，补充道："我让您觉得无聊了吗？我今天一直在拉着您到处走，自己一个人说个不停。作为女人，态度太友好也不是什么好事……我说真的，要是您觉得无聊了，您就先走吧。"

我拉过她的手，在回答她的问题之前停顿了片刻。

我没有看她的脸，但我心里却知道，她一定明白我此刻的感受。我说道："我对您只有感激。"

"我也是。"她说着，抽回了手。

我们走到大街上，她说："来，我们去附近的那家咖啡馆吧。那地方很好，在里面玩的全是些十分有趣的人。"

"罗马尼亚咖啡馆？"

"对，您也知道？您去过？"

"没有，我只是听说过。"

她露出了微笑："是听月底没钱的朋友说的？"

我也笑了，看向了别处。

平时光顾这间咖啡馆的多是艺术家，但过了夜里十一点以后，里面便会挤满前来捕猎年轻男孩的有钱女人。我听说许多不同年龄段的舞男都会来这里碰碰运气。

现在天色还不晚，所以咖啡馆里坐的还是些年轻的艺术家。他们各自扎堆，全都在热烈地讨论着什么话题。我们穿过柱廊上了二楼，终于找到了最后一张空桌。

我们身边尽是些年轻的画家，全都模仿法国式的装扮，留着长发，嘴里含着烟斗，头上戴着黑色的宽檐帽。也有一些作家，留着长长的指甲，正整理着他们的文稿。

一个年轻人在屋子的另一头挥了挥手，朝我们走了过来。他个头很高，一头金发，鬓角直垂到唇边。

"我向穿皮大衣的玛丽亚致敬！"他叫道，用手捧起玛丽亚的脸，在她的额头和两颊上都吻了吻。

我垂下眼睛，等着他们聊完。看来他们曾在同一次画展上展出过画作。他热情地和玛丽亚握了握手，又转头看着我，用一种自以为放荡不羁的语调说道："再见，年轻的先生。"说完便走了。

我的眼睛仍然看着地面，她问道："你在想什么？"

"你刚才称我为'你'了，你知道吗？"

"我知道，你介意吗？"

"此话怎讲？谢谢你。"

"噢，你怎么老谢我。"

"我们东方人总是很讲究礼节……你知道我在想什么吗？我在想，刚才那人这么吻你，我却一点也不嫉妒。"

"真的？"

"我也在想我为什么不嫉妒。"

我们对视了一会儿，互相探寻着对方的目光，但这一次我们的眼神中都带着信任。

"说说你自己吧。"她说。

我点点头，表示自己正有此打算。今天早些时候，我已经想好了许多可以告诉她的事，但现在却什么也记不起来了。我的脑海中装满了各种崭新的念头。终于，我开口了。我磕磕巴巴地向她讲述了我的童年以及军旅生涯，告诉了她我读过的书和我做过的梦，还有住在我家隔壁的法利耶，和我在战后遇到的各种匪徒。我告诉她我的种种过往，告诉她我从未被他人倾听过的回忆，我待她，甚至比对待自己还要坦诚。我卸下了我的灵魂所承担的重量。这是我第一次试着向他人解释自己，开诚布公，毫无保留。但由于我过于渴望向她诉说全部真相，在叙述的过程中过分强调了自己的过错，有时甚至多少歪曲了事实。

我那长期紧闭的心门已经被打开。我那被压抑已久的记忆和感情，此刻终于汹涌而出。看见她在专注地听着，读着我脸上的表情，理解着那些我无法用语言表达的情绪，我心中更是恨不得把一切都展现到她眼前。有时她会赞同地点点头，有时她也会惊讶地张开嘴。而每当我略有埋怨时，她则会同情地冲我露出微笑。

过了一会儿，某种未知的力量打断了我的倾诉。我看了看表，已经快十一点了。我们周围的桌子已经空了。我从座位上跳起来，喊道："你上班要迟到了！"

她收拾好东西，接着用前所未有的力量紧紧地握住了我的手，从座位上站了起来。"你说得对。"她说。她调整了一下头上的贝雷帽，又说道："今天咱们聊得真愉快！"

　　我陪着她走到"大西洋"。一路上我们各怀心事，都没怎么说话，只想着该如何看待我们共度的这个夜晚。快到目的地时，我忽然打了个寒战。

　　"都怪我，害得你没时间回去拿你的皮大衣了。你会着凉的。"

　　"怪你？确实，是因为你……但应该怪我自己才对……不过也没什么……我们走快点吧。"

　　"要不我等着你，一会儿送你回家吧？"

　　"不！不用！我们明天再见吧。"

　　"那就照你的意思来吧。"

　　也许是因为寒冷，她依偎到了我的身边。门外再次出现了那个写着"大西洋"几个大字的灯牌，她停下来，向我伸出了手。她的内心深处似乎有什么东西正在激烈地搏斗着。这时，她忽然把我拉到了墙边。她的脸颊向我靠了过来，眼睛却仍然盯着地面。她急促地低声问道："你刚才说你不嫉妒？你真的有那么喜欢我吗？"

　　她抬起头，好奇地看着我的眼睛。我感到胸口一阵紧缩，喉咙发干，只觉得没有什么词语能形容我此刻的感受。我担心仅仅是说出一个字，发出一个音，这一刻翻涌的感情便会被隐藏，至上的幸福便会被玷污。她的表情中带上了一丝担忧，我也跌进绝望之中，眼睛里盛满了泪水。这时，她的神情放松了下来。她闭了一会儿眼睛，然后伸手捧住我的

头，吻了吻我的嘴唇。随后，她便已经转过身，走进了夜总
会的大门。

我几乎是跑着回到了旅馆。我什么都不愿意思考，什么
都不愿意回忆。今晚发生的一切实在是太珍贵了，我不愿让
自己的记忆对它有一丝一毫的损害。前一秒，我还不敢开口
说一个字，生怕吓走我心中无比多的喜悦；现在，我又开始
担心我那不受约束的幻想会摧毁这几个小时里发生的美妙事
情，以及它们独特的和谐。

旅馆黑黢黢的楼道现在似乎也变得可爱起来，甚至连走
廊上沉闷的空气中似乎也弥漫着一丝甜蜜的气息。

从那以后，我开始每天都和玛丽亚·普德见面。我们一
起在城市的大街小巷中漫步，自第一晚后，我们之间的话便
似乎怎么也说不完。我们日常在街上碰见的各色行人与景
物，给彼此提供了互相交换看法与意见的机会，而这又进一
步证明了我们的看法是何等相似。这种认识的高度吻合，来
自我们对每件事都颇为相同的思维方式。诚然，这里也有使
一方接受另一方观点的影响存在，但是，寻求并接纳对方正
确的观点，难道不是正好代表了精神上的相近吗？我们最常
去逛的是画廊和博物馆。她会向我介绍一些或新或旧的名家
画作，我们也会热烈地讨论它们究竟有何价值。我们也去植
物园里逛过几次，有两个晚上还去了歌剧院。但她得在十点
半之前出发去上班，去歌剧院时间太赶了，所以后来我们便

没有再去。有一天，她对我说："其实这不光是因为时间问题，我不愿意去歌剧院还有其他原因。从这种地方出来，再去'大西洋'唱歌，对我来说是最荒唐、最可笑的事情，简直难以忍受。"

我只在早上去工厂了。我很少碰见其他住在旅馆里的人，偶尔，赫普纳太太会缠上我，说："最近有人把您给抢走了吧！"而我只会微笑，并不多做解释。我尤其不愿意让范·缇德曼太太发现真相，虽然玛丽亚不怎么在意，但我骨子里仍然是土耳其人，习惯处事谨慎。

但认真说起来，我们其实也并没有什么好隐瞒的东西。自从第一晚以后，我们的友情一直维持在之前约定好的范围内，双方都没有再提起过在"大西洋"发生的那个小小的插曲。一开始，我们出于好奇而说个不停，总在对方身上寻找着新的东西。但随着时间的推移，我们的好奇变成了习惯。要是我们因为什么原因而几天无法见面，我们便都会开始思念彼此。待到终于相见时，我们便会手牵手地走在街上，快乐得像两个太久没见的孩子。我多爱她啊！我将自己心中对整个世界的爱都倾注到她身上，我觉得自己是那样幸福。她显然也是喜欢我的，想和我待在一起，不过她从不允许我们的感情更进一步。一天，我们在柏林城郊的格伦瓦尔德森林里散步时，她搂住了我的脖子，头倚着我的胸口，两只手悬在我的肩膀上，手指在空中画着圈。我一时兴起，抓住她的手，吻了吻她的掌心。她立刻把手抽了出来，动作虽然轻柔，意思却很明确。她什么也没说。我们继续散步，但我心里非常明白，她这是在警告我不要再有这种失控的表现。有时我们会谈论爱情，听见她事不关己一般地评论着爱情，我心中总会感到一种莫名的沮丧。是的，我同意她提出的所有条件，我也接受了，但我偶尔还是会努力把话题引向我们自己身上。每到这时，我们便会细细地分析我们之间的友谊。在我看来，爱情这一概念并不是孤立且抽象的。爱情有很多种，人们用各种方式向他人表露出的爱慕以及同情，都是一种爱。在不同的情况下，爱总会换上不同的名头和不同的表现形式。我们要是否认一个男人和一个女人之间的感情，不承认它真实的面目，那就是在自欺欺人。

但玛丽亚却摇了摇手指，大笑出声："不！我的朋友，不是这样！爱情和你刚才说的同情完全是两回事，我们根本就无法对它进行分析。我们从不知道它从何而来，又为何而去。但友情却是持久的，它建立在双方的理解之上。我们能看见友情的开端，也能知道它为什么会崩塌。没有转变成爱情的感情是可以分析的。想想吧，我们在这世上有很多喜欢的人，有许多亲密的朋友——我得说，你，备受尊重的先生，是我在其中最喜欢的——但难道我和这些人都是相爱的吗？"

我继续强调我的观点："对。你和所有你在乎的人，都可以说是相爱的。"

玛丽亚的回答有点出乎我的意料："那为什么那天你会告诉我,你不嫉妒呢?"

我不知道该如何回答,便在开口前思考了一会儿："一个真正有能力去爱的人,决不会妄想独占他的爱人。他的爱人也不能独占他。他的爱意越广,他就越是看重他真爱的那个人。爱意虽然分散了,但并不会减少。"

"我还以为东方人对此的看法会不一样。"

"这只是我个人的看法。"

有那么一会儿,她沉浸于自己的心事之中,眼睛直直地盯着不远处。接着她开口道："对我来说,爱情完全是另一种东西。它毫无逻辑,无法描述,也无法定义。喜欢一个人是一回事,但灵魂和身体都被欲望占据又是另一回事。对我来说,爱情就是这样——就是焚烧一切的欲望,令人无法抵抗的欲望!"

这时我揪住了她话中的漏洞,自信倍增地说道："你说的不过是短暂的感受罢了。那只是爱情刚刚进驻你的心灵的时刻,那时,爱情利用各种神秘的力量,让你只能全身心地扑到一个目标上。但就像温暖的阳光可以透过棱镜转化为火焰一样,爱情也是如此。把它看成是从外部乘虚而入的东西并不恰当,因为爱情是通过我们内心的感受形成的,它来势汹汹,往往会打得我们措手不及。"

　　这次谈话到这里便结束了，但后来我们又再次谈起过这个话题。最后我意识到，我们两个人其实都没有完全说对。虽然我们都在努力让自己坦诚，但我们同时又都在被某种连我们自己也不理解的感受和欲望所驱使着。我们在很多方面都能达成一致，但偶尔，我们的意见仍然会出现分歧。每到这时，我们便会为了一个更加重要的目标而达成和解。我们并不害怕将自己灵魂中最为隐秘的角落暴露在对方的眼皮下，也不害怕发生争吵。但无论怎么努力，我们的心中仍然有一些东西被我们刻意地遗漏了，因为那时连我们自己都还未察觉到这些东西的存在。不过我却已经意识到了这些东西的重要性。

　　我从未有过如此亲密的关系，因此心里一直想要保护好它。也许我最急切的愿望就是整个地占有她，无论是她的身体还是她的灵魂。但我又时刻都担心着也许我会失去我所拥有的一切，不敢贸然向前迈进。那时的我，就像在看着一只造物主所能创造的最美丽的鸟儿一样，一动也不敢动，生怕一个突然的动作便会把它吓走。

　　但一个阴郁的念头仍然时时困扰着我——也许到了最后，这种静止，这种基于恐惧的忧郁会带来更大的伤害。也许它会让我们之间那种鲜活的东西变得沉闷，直到一切终于无可挽回地成为一块冰冷的石头：我们未曾前进的每一步，都在让我们日益远离对方。虽然这些担忧总是寂静无声，但却确实每一天都在增加。

　　但像我这种人也不可能做出多大的改变了。我意识到自己正在原地打转，但却不清楚怎样才能触及问题的核心，因为我其实根本就不知道核心究竟是什么，又在哪里。我不再害羞，也不再腼腆，甚至不再回避他人的陪伴。我主动在所有人面前展现出了真实的自己：只要不去触碰最核心的那个问题就行。

　　我不知道自己当时是否曾深刻地思考过这一切。只是到了现在，我才终于能够在回忆中看见十二年前的自己，得出这样的结论。并且，时间也让我得以重新认识玛丽亚。

　　我知道，其实她也正被一连串矛盾的感情困扰着。有时她会显得很没有精神，神情甚至说得上冷漠；但有时她又充满了活力，对我表现出极大的兴趣，简直令我心醉神迷，整个人都被她迷住。但这种时刻总是很快就会过去。我们依旧保持着朋友的关系。她和我一样，也能看到我们已经陷入了僵局，也许还会永远都困在这种境地中。尽管她没有在我身上发现她所渴望的东西，但她确实也很珍惜我的某种品质，以致她总会约束自己的言行，害怕引起我对她的疏远。

　　我们都对可能发生的一切充满了担忧，都怕这些互相交战的感情总有一天会暴露在日光之下，因而只能小心翼翼把所有的忧虑都藏在自己心里。于是我们满足于只做彼此亲密的朋友。我们总是在探寻着彼此，总是在努力取悦彼此，灵魂因对方的存在而愈加丰盛。

但忽然有一天，一切都变了，一件事打乱了我们的步调。那是在十二月末，她母亲出发前往布拉格的城郊拜访远亲，顺便在那里过圣诞节。玛丽亚对此很满意。

"在这世上，我最烦的就是那些装饰着蜡烛和星星的松树，"她说，"并不是因为我是个犹太人。我总觉得这些仪式毫无意义，荒唐至极，但偏偏其他人却都是一副很享受的样子。不用说，我对犹太教也没什么兴趣，更别提那些奇怪且烦琐的教规和仪式了。不过我母亲倒是个彻头彻尾的德国人，也是个新教徒。她是年纪大了才开始对那些玩意儿感兴趣的，其实她才不关心那些宗教戒律呢，她只不过是不想因为我失掉最后几年的清静日子而已。"

"那你也不觉得新年是个很特别的日子吗？"我问。

"不觉得，"她说，"新年和其他日子有什么不同吗？难道它是因为什么自然的原因而被挑中的吗？纪念过去的一年又有什么意义呢？这不是自然的杰作——不过是人为捏造的玩意儿罢了。我们从生到死，走的都是同一条路，把它分割开来的完全是些人为因素。不过，还是把哲学放到一边吧，你要是愿意，新年我们最好还是出去玩玩……我在'大西洋'的工作午夜之前就结束了，那天他们要安排特别演出。这样我们也能一起出去，像其他人一样喝个酩酊大醉……偶尔在人群中放纵一次也挺不错的……你觉得呢？我们还没一

131

130

起跳过舞呢。"

"对，从没跳过。"

"我其实不是特别喜欢跳舞，但有的朋友喜欢，我也就跟着跳跳。"

"我也不是很喜欢。"

"我也是……但是别管了，朋友就是要为对方做出点牺牲嘛。"

新年那天晚上，我们一起吃了晚餐，在餐厅里一直待到她该去上班的时候。我们去了"大西洋"，她到后台换衣服，我便坐到我的老位置上。大厅里装饰着彩带、金箔和艳俗的灯笼。大部分客人这时已经醉眼迷离，在舞池里拖着步子卿卿我我，互送秋波。这一切都让我的内心充满了莫名的惆怅。

又何必下这番功夫呢？我心想。说真的，今晚又有何不同？我们不过是捏造了一些东西来自欺欺人罢了。人人都该回家去，都该马上上床睡觉才对。我们又该做什么呢？像其他人一样拥抱？一起回家？但和其他人不一样的是，我们不会接吻……不知我现在还能不能想得起来什么舞步。

在伊斯坦布尔的美术学院上学时，我的几个朋友曾经上过一些白俄罗斯人的舞蹈课。当时城里尽是俄罗斯人，我也跟着学了一些舞步。那时我的华尔兹可以说是跳得很不错的……但时间已经过去了一年半，现在的我还会跳吗？"你这个傻瓜！"我对自己说，"从没真的学会过跳舞。"

玛丽亚的表演很快就结束了，比我预想的还要早。她换好衣服后，我们便去了一家叫作"欧洲"的宽敞的俱乐部。这地方位于安哈尔特火车站对面，和狭小的"大西洋"完全不同。几百对情人正相拥着在巨大的舞池中翩翩起舞，桌上摆满了五颜六色的酒瓶。很多人都已经睡着了，有的耷拉着脑袋，有的则倒在别人的膝盖上。

玛丽亚今晚显得尤为亢奋。她捶了捶我的胳膊，说道："早知道你来了也只是闷闷不乐地干坐着，我就该约其他人和我一起出门的。"

她痛饮着不断端上桌来的莱茵葡萄酒，那副样子简直让我惊讶得合不拢嘴。她坚持让我也喝。

午夜之后，这里的气氛达到了沸点。空气中回荡着各种大笑声、叫喊声，乐队一首接一首地演奏着华尔兹舞曲，人们跳啊，闹啊，占据了整个空间。这个国家正在享受着战后热闹的狂欢，不做丝毫掩饰。但这些憔悴的人们脸上那突出的颧骨和闪烁的目光却令我十分难过，仿佛这些人都染上了一种可怖的痼疾。年轻的男孩们只顾纵情声色，女孩们则被反抗社会的幻觉所蛊惑，成了性欲的囚徒。

玛丽亚又塞了一杯酒到我手里，低声说道："莱夫，莱夫，这样可不行啊……难道你看不出来，我一直在努力不让自己陷入绝望之中吗？还是顺其自然吧。仅此一晚，让我们放下一切约束吧。你就当我们不再是我们自己，而是另外两个人，藏身于人群之中。看看这周围——这些人难道真就是表面上看到的这副样子吗？告诉你吧，我受不了成为那个格格不入的人，受不了假装只有自己才能体会那些高尚的感情。来吧！现在正是痛饮享乐的时候！"

我看出她已经快喝醉了。她之前一直坐在我的对面，现在却走过来坐到了我的旁边，一只手搭上了我的肩膀。我仿佛成了一只被捉住的小鸟，一颗心跳个不停。我也注意到，她以为我现在心情不太好。但实际情况却并非如此。真要说的话，我只是太看重此刻的幸福了，甚至可以说，正是因为我太幸福了，所以才会笑不出来。

乐队奏起了另一首华尔兹舞曲。我靠过去，小声说："我们来跳舞吧。不过我跳得不太好……"

她假装没有听见我的后半句话，立刻从座位上站了起来："跳吧！"

我们挤到了人群中间。这根本算不上是跳舞：我们只是随着从四面八方向我们压过来的人们一起摇摆身体而已。但我们都没有抱怨。玛丽亚定定地看着我，不时地，某种情绪在她那双心不在焉的黑眼睛中一闪而过，但我不知道那究竟是什么。我只是嗅着她温暖的身体散发出的令人陶醉的香气，注视着她眸子中的神采，完全心醉神迷。我和她是如此的亲密，这种亲密对她来说必定也意味着什么。

"玛丽亚，"我低语道，"一个人难道真的能令另一个人如此幸福吗？在我们的内心深处，一定隐藏着不可思议的力量。"

又一次，我看见她的眼睛里闪烁着某种光彩。但她在凝视了我一会儿后，忽然咬住了嘴唇，眼神飘忽且迷离。"来吧，我们还是坐下吧。"她说，"人太多了！我开始觉得有点烦了。"

回到桌边，她又开始一杯接一杯地喝起酒来。过了一会儿，她站起来，说道："我马上回来。"便跌跌撞撞地走开了。

我等了一会儿。虽然我多有抗拒，结果还是喝了很多酒。但我并没有喝醉，也不觉得头晕，只感到头有些痛。十五分钟过去了，她还没有回来。我开始担心了。我站起身来，走到洗手间门口，想着她也许是在某个地方摔倒了。镜子前，女人们有的在补妆，有的在整理散开了的裙摆。我四处寻玛丽亚而不得。她既不在那些坐在角落里的女人们中间，也不在那些蜷缩在沙发上睡着了的人堆里。我找不到她，心里怕得要命，只能在包间里挨个寻找。我查看每张桌子，在人群里挤来挤去，顺着台阶跑上跑下，还是没有找到她。

这时，我忽然透过旋转门上布满水雾的玻璃看到了她。她就在那里，苍白如一座雕像。我急忙冲出去，大喊一声。玛丽亚·普德正靠着一棵树，双手抱着头，脸压在树干上。

134

她身上只穿着一件薄薄的羊毛长裙，头发和后颈上都落满了沉甸甸的雪花。听见我的声音，她便转过头来，微笑着问："你去哪里了？"

"你去哪里了？"我叫道，"你在做什么？你疯了吗？"

她伸出手指在嘴唇上比画了一下，说道："嘘。我就是出来透透气，降降温。来吧，我们走吧。"

我立刻把她拉回了室内，让她坐到一把椅子上。我自己则上楼去结了账，从衣帽间里取回了我的外套和她的皮大衣。我们开始往回走，每走一步，脚都会陷进深深的积雪中。

她拉着我的手臂，努力想赶上我。巷子里不时走过一两对醉酒的情侣，大街上更是挤满了成群乱转的人。女人们都穿着薄薄的衣服，兴高采烈地又笑又唱。

玛丽亚拉着我快步穿过这些醉醺醺的人。有人开口和她搭讪，想搂住她的脖子，她便敷衍地扯出一个微笑，想办法抽身而退，拉着我继续走。我意识到自己判断错了，她其实根本没有我想的那么醉。

过了一会儿，周围安静下来，于是我们也放慢了步子。但她还没喘过气来，只能深呼吸一口，转头对我说："怎么样？你觉得今晚的安排还行吗？你开心吗？噢，我玩得可高兴了。真是美妙，美妙极了……"

她咯咯咯地笑出了声，又忽然开始咳嗽起来。她的胸膛剧烈地起伏着，仿佛被噎住了一样，但她的手依然拉着我的胳膊。等到她终于平静下来，我开口问道："到底怎么回事？我不是提醒过你吗？你这样子肯定会着凉的。"

她绽出一个大大的微笑："但我玩得很高兴啊！"

现在换成我担心她会哭了。我只想快点带她回家，让她躺到温暖的被窝里。

但当我们终于走到她家附近时，她的步子开始不稳了。她似乎已经失掉了最后一丝力气，也不再有自主的意识。不过我却早已在冰冷的空气中振作起了精神，用手托着她的腰，留神不去踩到她的脚。在穿过一条街时，我俩差点一起跌进雪中。她正喃喃自语着什么，我听不清，一开始还以为她正在哼歌，后来才意识到她是在对我说话，于是我竖起了耳朵。"对……我就是这样……我不是告诉过你吗？我总是那么变化无常……但也没必要因此难过。你真是个好人……我一点也不怀疑。"

这时她突然哽咽了起来，不断重复说："不！不！不！没必要因为这个难过……"

半小时后，我们来到了她家门前。她靠在楼梯旁边的墙上。

"你的钥匙在哪里？"我问。

"别生我的气，莱夫……别生气……这里！就在我的口袋里！"

136

　　她伸出手在皮大衣的口袋里一阵乱摸，拿出了一个钥匙圈，上面挂着三把钥匙。

　　我开了门。我正要转身扶她上楼梯，她却忽然从我身边飞奔过去，自己爬上了楼梯。

　　"小心点！"我叫道。

　　她气喘吁吁地回答道："不用。我自己能上去。"

　　我手里还拿着她的钥匙，只能跟着她上楼去。爬了几层后，我听见她在黑暗中叫我："我在这里……开这扇门吧。"

　　我摸索着门的位置，把它打开了，我们一起走了进去。她开了灯，房间里面的家具都很陈旧了，但保存得还算不错。房间的一侧摆着一张漂亮的橡木床。

　　我站在房间中央。她扔下外套，指着一把椅子说："坐吧。"

　　她坐到了床边，踢掉了鞋子和长袜。我还来不及反应，她便已经脱掉了裙子，然后随手扔到了椅子上，自己则钻进了被窝。

　　我站起来，默默地伸出了手。她露出一个略带醉意的微笑，用眼神打量着我，像是第一次见到我似的。我垂下了头，再抬起时，我看到她已经坐了起来，正直直地盯着我，眼睛瞪得大大的，里面装满了好奇，仿佛才刚刚睡醒。白色的被套滑了下来，露出了她右边的手臂和肩膀。她身上的皮肤和脸上的一样苍白。她的左手肘正撑在枕头上。

"你会着凉的！"我说。

她拖着我的手臂，让我坐到了床边。接着她靠过来，把脸贴到我摊开的手心里。

"莱夫，你也能这样吗？你完全可以……但我又该怎么办呢？要是……要是……但我们度过了一段美妙的时光，不是吗？难道我们没有……不，不，我就知道！你别把手缩回去……我从没见过你这个样子。你看上去多严肃！但是，为什么呢？"

我看着她。她正跪坐在我旁边的床上，两手捧着我的脸。"看着我，"她说，"不是你想的那样……我可以证明……我可以证明给你看……你为什么就这么坐着呢？你还不相信我吗？你不信任我吗？"

她闭上了眼睛，似乎正在努力想要捕捉什么难以描述的念头。她眉头紧锁，额头上也出现了皱起的纹路。我看到她裸露的肩膀正在微微发抖，便拉过被子披到她肩上，努力不让它滑落。

她睁开眼，惊讶地笑了："原来是这样……你也在笑，对吗？"她说不下去了，转而盯着房间的角落。

她的头发从脸颊上垂下来，一侧的灯光照亮了她的睫毛，在鼻梁上投下一片阴影。她的下唇轻轻地颤动着。此刻，她看上去甚至比她的画像，比那幅《阿庇埃圣母》还要美丽。我用抓着被子的手将她拥入怀中。

我感到她的身体正在颤抖，呼吸十分急促。

"当然……当然，"她说，"我当然是爱你的。很爱……还有其他办法吗？我肯定是爱你的……肯定爱。但你为什么那么惊讶呢？你以为还会有别的可能吗？我知道你有多爱我……毫无疑问，我也同样爱你……"

她靠过来，热烈地亲吻着我的脸颊。

第二天早上，当我醒来时，我听见了她规律而深沉的呼吸。她的头枕在胳膊上，背对着我，发丝铺满了白色的枕头。她微张的嘴唇边上长着一层细细的绒毛，正随着她的呼吸起起伏伏。

我躺回到枕头上，看着天花板，等着她醒来。我急不可待，只想知道她醒了以后会如何看我，她又会说些什么。但同时，我又对那一刻充满了恐惧。从我睁开眼的那一刹那起，我内心的平和便已经一去不复返了，但其中的缘由我却并不清楚。为什么我会颤抖？仿佛自己是一个等待判决的囚犯。我还能要求什么？这不就是我所期盼的一切吗？难道我不是已经如愿以偿了吗？

此刻我的内心多么空虚！同时又是多么沉重！仿佛缺少了什么东西，但究竟是什么呢？我怅然若失。这感觉就像一个人走在街上忽然停下来，想起自己似乎忘了带什么东西，但却总也想不起来忘带的究竟是什么，只能不停地回想，不停地在口袋里翻找，直到放弃。终于，又继续不甘不愿地迈开步子，但心中的疑问却仍然在啃噬着他的灵魂。

过了一会儿，我听不到玛丽亚睡梦中均匀的呼吸声了。我抬起头，偷偷瞥了她一眼。只见她一动不动，眼睛直直地盯着前方，头发仍然垂在脸上。尽管她知道我正在看着她，但她仍然没有看我，而是一眨不眨地凝视着别的地方。我意识到，她肯定已经醒了有一段时间了，一股无形的力量忽然攫住了我的心，恐惧与不安不断地滋长着。

我越是沉溺于这种荒唐的不安，越是流连于毫无必要且毫无根据的念头之中，在心里就越是谴责自己的臆想，越是感到绝望。今天本该是我一生中最为明亮的日子，我不愿让它笼罩在这可笑的直觉所带来的阴霾之下。

"您醒了?"她问道，没有转过头。

"对……你醒了很久了吗?"

"刚醒。"

她的话又为我带来了勇气，我已经好久没有听到过如此甜美的声音了。我就像一个老朋友一样欢迎着它。仅仅是听着她说话，我的心中便已经盈满了幸福。但它带给我的平静却是短暂的。她称我为"您"，虽然我们最近总在"您"和"你"中换来换去，但在共度了一晚后，她竟然选择用"您"来称呼我，这又会让我怎么想呢?

也许这是因为她还没有完全清醒吧。

她侧过脸来看着我，脸上带着微笑。但却不是我已经熟悉的那种温暖又真诚的微笑，这更像是她会对在"大西洋"的客人们露出的微笑。

"您要起床了吗?"她问。

"要起了! 你呢?"

"我不知道……我不太舒服。我有点疲惫……可能是因为喝太多酒了……我的背也疼得厉害……"

"可能你昨晚着凉了! 真不知道你昨晚是怎么想的! 就穿那么一点衣服，竟然也敢跑到室外?"

她耸耸肩，转过了头。

我起床洗了脸，迅速穿好了衣服。我能感觉到她的目光。

房间里的气氛很压抑。我觉得自己应该尽量舒缓一下气氛:"我们都没话说了，你和我……怎么回事? 难道我们俩就像一对老夫老妻一样，现在已经厌倦了对方?"

她疑惑地抬起眼睛。我看到她的表情，心里更难过了，便不再说话。我慢慢走到了床边，我想爱抚她，以打破我们之间的那面还不算太厚的冰墙。这时她也坐了起来，两条腿垂在床边，肩上披着一件薄薄的开襟毛衣。她一直在仔细地打量着我的脸。看样子，有什么东西在困扰着她，她并不想让我靠近。最后，她终于用一种平静异常的语调问道:"您为什么不高兴?"

我第一次看到她苍白的脸颊上染上了红晕。她的胸口起伏着，继续说道："您还想要什么？难道您想要什么别的东西？……但是我告诉您吧，我想要的绝不仅仅是这样，我还想要更多，但却怎么也抓不住。我什么方法都试过了，到现在却还是一无所获。您现在倒是高兴了，但我又该怎么办？"

她的头垂到了胸前，手臂无力地悬在身侧，脚趾轻轻触碰着毯子。她的脚拇指高高竖起，其他脚趾却向下蜷着。

我拉过一把椅子坐到她对面，握住了她的手。我感觉自己也许马上就会失去最珍贵的宝物和人生的全部意义。我用发抖的声音说：

"玛丽亚！我的穿皮大衣的玛丽亚！你这是怎么了？我对你做了什么吗？我保证过，决不向你要求任何东西，而且我不也遵守了我的诺言吗？此刻我们明明应该享受前所未有的亲密，但为什么你却要说这种话？"

她摇着头，说道："不，我的朋友，不！我们现在比从前任何时候都还要疏远。因为我已经失掉所有希望。一切都完了……我告诉自己，这种事情我只会体验这一次。我以为这就是缺失的部分。但是，不……我的内心仍然空虚……甚至比从前更空虚了……还能怎么办呢？这不是您的错。我只是不爱您。但我清楚地知道，在这个世界上，我必须爱您，但我却没能做到。因此我只能抛弃一切希望，不再爱任何人，永远也不……但这并不是我能控制的啊。我就是这样的人。我别无选择，只能接受一切……噢，我多希望……我多希望我们不至于走到这般田地……莱夫……我好心的朋友……请相信我，我多想扭转这个局面——也许甚至比您更想。我该怎么办？现在我什么感受也没了，只能尝到昨夜的葡萄酒留在我嘴里的酸涩味，只能感觉到我背上越来越严重的疼痛。"

她沉默了一会儿，闭上眼睛，美丽的脸庞也柔和下来。然后她又开口了，声音非常甜美，仿佛正在给孩子讲述童话："昨晚，尤其是在我们到家以后——噢，我当时多想……我梦想着能有一只魔术师般的手将我改头换面，让我的灵魂既能像小女孩一样纯真，又有着拥抱一切的魄力。这样，我便能在今天早上醒来时迎来一个崭新的世界。但事实却并非如此……天空阴云密布……房间里很冷……我感到自己是如此地格格不入。虽然我们发生了亲密的关系，但你却仍然离我很远，仍然是存在于另一具躯壳中的另一个人……我的肌肉很痛，头也疼……"

她重又躺回到床上。她用手遮住眼睛，继续说道："所以我猜，人们最多也就只能这么亲密了吧。往后，他们每向前一步，便会更疏远一些。我多么不想我们之间的亲密也有一个限度，也有一个终点。最让我难过的，就是看到自己曾经希冀过的一切全部落空……现在，我们也没有必要再欺骗自己了……我们已经不像从前那样坦率了。我们牺牲了一切，但换来了什么？一场空！为了占有某种从未存在过的东西，我们失去了已经拥有的一切……全都结束了吗？我不觉得。我知道我们都不是孩子了，但我们确实需要花点时间躲开对方，需要时间休息，直到我们再次渴望见到彼此。够了，够了！莱夫，时候到了我会给您打电话的。也许我们还能变得聪明一点，还能再次成为朋友。那时，我们便不会再对对方抱有那么高的期望，也不会再以为彼此能给予对方更多的东西了……现在你该走了……我真的需要自己静一静。"

她的手从眼睛上抬了起来。她看着我，目光中几乎带着恳求的意味。她伸出手，我握住了她的指尖，说："再见了。"

"不，不，别这样……您生我的气了……我对您做了什么？"她叫道。

我尽全力让自己保持冷静，说道："我不生气，我只是难过。"

"难道您看不出来我也很难过吗？您看不到吗？我们还是别这样分开。到这儿来。"

她让我把头靠在她的胸前，轻抚着我的头发。她的脸颊紧贴着我的。

"再对我笑一次，然后就走吧。"她说。

我笑了，然后用手捂着脸，急忙走出了房间。

我漫无目的地在街道上游荡着。街上空无一人，大多数商铺都还没有开门，我向南走去。窗户上起了水雾的有轨电车和公共汽车疾驰而过。我继续走着……顺着鹅卵石铺就的人行道，经过一座座黑黢黢的房屋……我一直走啊走……身上出了汗，我便敞开了外套。我来到了城郊。我接着往前走……沿着结冰的运河穿过铁路桥……我就这样一直走，走了好几个小时，脑子里什么也没想。我在冰冷的空气中眨着眼，加快了步伐，最后几乎跑了起来。我的一侧是郁郁葱葱的松树林，不时会有一团冰雪从树枝上坠落下来，骑自行车的人经过我的身边。远方，一列火车摇撼着大地。我还在走……右方出现了一个湖泊，湖面上挤满了溜冰的人。我穿过树林，朝着湖面走去。树林间布满了溜冰鞋留下的错综复杂的划痕，铁网围住了一片树林，矮小的小松树颤颤巍巍，就像披着白斗篷的小孩子。远处矗立着一栋两层高的木头造的乡村旅馆。我的目光移到湖面上，看见穿着短裙的姑娘们和穿着紧身长裤的小伙子们正肩并肩地在冰上滑行。他们有时会抬起一条腿，在冰面上打个旋儿，有时又会手牵手，滑向远方。女孩们颜色艳丽的围巾和男孩们金色的头发在空中飘扬着，他们携手从这边滑到那边，每一次的跳跃和落下似乎都在让他们合二为一。

我一边专注地看着这一切，一边在很厚的积雪中勉强前行。走到旅馆对面的一棵树下，我想起自己以前来过这里，但却想不起来是什么时候来过，也不完全确定自己当下身在何处。离小屋几百米处的山坡上，有几棵老树。我在这里停了下来，再次看向在湖面上溜冰的人。

我已经走了快四个小时了。我不知道我为什么要走下大路，也不知道我为什么还不往回走。我头上的灼热已经消散，鼻根也不再刺痛。现在我只能感觉到自己心里巨大的空洞。一扇门曾被打开，向我展示出最为壮丽的景色，但现在它却又被关上了，连带着剥夺了我生命中所有的希望和意义。我似乎失去了什么，就像刚从一场美梦中醒来，睁眼看到刺眼的现实。但我不怪她，也不生气，我只是难过。我能想到的只有："事情不该是这样。"真相就是，她发现自己不爱我。我完全理解。在我的一生中，从没有人爱过我。女人一直都是一种奇怪的生物。我在脑中回想着我认识的，或见过的所有女人，终于得出结论，那就是她们根本不会真正去爱一个人。相反，她们总在渴望触不可及的东西——错失的机会，还有医治她们破碎的心灵所需的良药——因此，她们便以为这种渴望就是爱。但很快我就意识到，这么评价玛丽亚很不公平。不管怎么说，我也完全清楚，她和其他人不一样。我也见到她是如何在痛苦中苦苦挣扎的。她这样受煎熬，绝不可能只是因为可怜我。她痛苦，是因为她渴望着某种她无法寻求到的东西。但那究竟是什么？我身上缺了什么？又或者，我们之间到底还缺了什么？

一旦一个女人已经给予我们一切的时候，我们会觉得她们实际上什么都没给。当我认为她离我很近的时候，不得不承认，其实我们之间相隔甚远。这真是一件痛苦的事情。

　　事情绝对不应该是这样。但玛丽亚说了，我们已经没什么别的办法了，尤其是我……

　　她有什么权力这么对我？我本可以继续从前的生活，避开人群，碌碌无为，不必非得看到我的人生有多空洞不可；我本可以随波逐流，将其归咎于自己怪异的天性；我本可以完全不懂幸福的含义。一直以来，我都离群索居，暗自希望自己能摆脱这种孤独。在玛丽亚，或者说她的画出现之前，我的想法就是这样。但她将我从黑暗寂静的世界中带了出来，将我送到了真实光亮的国度，现在，她却消失了，毫无理由，仓促得一如她来时的样子。但我却已经无法再回到过去的麻木中了。在我的有生之年，我都将四处漫游，与说着我或懂或不懂的语言的人相识。而每一次，我都会在所到之处寻找玛丽亚·普德的影子，在每一双眼睛中去找寻她。哪怕从一开始，我就知道这种搜寻将毫无结果，但我却无力放弃。我注定要穷尽一生去找寻一个未知的东西。她本不应该如此待我。

　　未来的日子太过暗淡，我不知该如何忍受，也不知该如何承受这样的重担。就在我和这些念头斗争时，记忆的帘子忽然被掀起来了。我想起这是哪里了。我眼前的正是范塞湖。我从前和玛丽亚·普德一起去波茨坦市参观弗雷德里克二世的新王宫时，她曾透过火车车窗将这片湖指给我看，告诉我在一个多世纪以前，大诗人海因里希·冯·克莱斯特曾在这里和他的爱人一起殉情而死，就在我现在站的这棵树下。

我为什么要来这里？是什么东西蛊惑了我，将我带到这个我曾在匆匆一瞥中见过的地方？我似乎是为了实现曾经许下的承诺，直接来到这里的。难道我是因为不得已和我在这世上最信任的人道别，听见她宣称两个人只能有所保留地接近，然后分离之后，专程来到了这个情人殉情之地，反驳她的观点？我的脑子里一片混乱。但忽然之间，我脚下的土地似乎燃起了大火。我几乎可以看见那对恋人正朝我伸出手，一个胸口中枪，一个头部中弹。在草丛之间，两道血痕蜿蜒曲折，从他们的伤口处一直流淌到我的脚边，形成一摊血泊。他们的血也像他们的命运一般交织在了一起。他们还在这里，就在几步之外，肩并着肩……我转过身，沿着那条我来时走过的小路跑了出去。

笑声从湖面上传了过来。我看见人们正一对对地转着圈，互相搂着对方的腰，仿佛正要开启无尽的征途。小旅馆的前门不时打开，传出阵阵音乐和跺脚声，那是那些溜冰累了的人们爬上了山坡，正坐在里面喝着格洛格酒，跳着舞。

他们多快乐，他们多鲜活。只有我站在一边，整个人封闭在自己的思绪之中，看着他们——不是如我以为的那样俯视着他们，而是仰视。让我回避社交的，并不是什么愚蠢的习惯。我之所以总爱抽离出来，不过是因为我缺少了某种东西。他们享受人生，也不断为自己的人生增添新的事物。和他们比起来，我又算什么呢？除了像只可悲的小虫一样吞噬着我，我的灵魂又做出过什么贡献呢？这台留声机，这座木头旅馆，这面结冰的湖，这些白雪皑皑的松树，还有这些欢快的人们，这一切都在忙于完成生命赐予的任务。所有这些人，他们做的每一件事都是有意义的，即使我本人无法立刻领会这种意义。而我呢，却只是像个绕着车轴不断旋转的轮子，一边冲进虚无，一边寻找着活下去的理由。毫无疑问，我就是这世上最无用的人了。没了我，世界照样运行。我对别人不抱期盼，别人对我也不存幻想。

那一刻，我身上有什么东西被彻底地改变了，我的人生也走上了一条新的道路。从那时起，我便开始相信自己确实是无能且无用的。偶尔，我会感到自己似乎快要重新焕发出生机了——似乎就快回到生活的净土上了。这时我便会反复地思考自己命运的改变，允许自己在这短短的几天内得到些许慰藉。但这段时间一过，那种深深扎根于我脑中的信念就又会回来，让我再次感到这个世界根本不需要我。我无法摆脱这样的念头——甚至到了今天，在过了那么多年以后，我仍然能够想起那股在那时将我从世界中抽离出来的力量，那股击碎了我所有勇气的力量。我清楚地认识到，我的想法是完全正确的……

我冲回到柏油马路上，向柏林市区的方向走去。自前一晚起，我便什么东西也没吃，但我也没觉得饿，只感到恶心。我的腿倒不太累，但身上的肌肉十分酸胀。我沉浸于自己的思绪之中，步子也慢了下来。越是靠近城区，我的心里就越是绝望。今后，我的生活里将再也没有她的身影。我无法接受这一点，光是想想就觉得简直荒唐至极，事情不可能如此……但我又做不到低三下四地去求她，这不是我的本性，而且这么做也没什么用……我幻想出各种各样疯狂的场景，像极了我儿时的种种幻想，甚至比那时还要更荒谬：要是能赶在她在"大西洋"登台前给她打个电话就好了，然后我便会（在求她原谅我的冒昧打扰并向她告别之后）让她在电话另一端，听着我把一颗子弹射进脑袋里！她听到枪响后，一定会不可置信地顿一顿，然后疯狂地冲着听筒大喊："莱夫！莱夫！"要是这时我躺在地上碰巧听见了她的哭叫，我一定会呼出最后一口气，微笑着迎接死亡。她并不知道我到底在哪里，只能在绝望之中手足无措，连报警都忘了。而到了第二天，当她用颤抖的手打开报纸，读到关于这个神秘悲剧的种种细节时，她则会追悔莫及，明白我已经用鲜血将自己写进了她的回忆中，她将永远也无法忘记我。

这时我走到了城郊，在来时经过的同一座桥下面走过。时间已接近黄昏。我不知道该去哪里，于是便走到了一个小公园里坐下。我的眼睛发酸，我向后仰着，看着头顶的天空。我的脚在雪地上逐渐被冻僵了，但我还是坐着，一连坐了好几个小时。我感到自己的身体似乎已经麻木了。唉，要是就这么冻死在这里，不必再被来日的喧嚣打扰，该有多好！如果玛丽亚几天后得知我死了，她又会怎么做呢？她的面容将染上怎样的阴霾？她又该有多后悔？

我的思绪完全围绕着玛丽亚在运转。我站起身来，继续上路。还要再走几小时才能到市中心。我开始边走边自言自语，但我说的一切，其实又是在说给她听。我的脑海中装满了无数绝妙的主意，无数诱人的幻象——和我们最开始在一起时一样。但我却知道，这其中并没有一个能打动她，让她回心转意。泪水又涌上了我的眼眶，我真想用颤抖的声音告诉她，再也没有什么人能像我们过去那样亲密无间，所以我们分开简直荒谬至极……一开始，她看到像我这样一个温驯冷静的人竟会如此情难自禁，肯定会十分惊讶，但接着，她便会慢慢地向我伸出手，微笑着说："你说得对！"

对……我必须去见她，把这些解释给她听。我必须说服她，让她收回这个令人恐惧的决定，今天早上是我答应得太草率了。她一定会收回的。我忽然想到，可能正是因为我匆匆离开了她家，一个反对的字也没有说，她才会那么生气。我必须赶在夜深前去见她。

我漫无目的地游荡到晚上十一点，然后便开始在"大西洋"门口转悠，等待着她的到来。但她却没有出现。最后我上前询问了那个穿着亮片西装的门卫。"我不知道，她今晚没来。"他说。我估计她是生病了，于是便急忙赶到她家门口，看到她的窗户是黑的。她肯定睡了。我觉得最好还是不要去打扰她，便回到了旅馆。

接下来三天，我每天都到"大西洋"门口等她，之后又去她家门前，抬头注视着她黑黢黢的窗户，但我却一次都没能鼓起勇气，每次都只能又回到自己的房间里。每天我都会坐到桌前，想要读点书。但实际上却只是在翻着书页，根本读不进去，看几行字便开始浮想联翩。我知道自己别无选择，只能接受她的决定，把这视作我们最后的结局，等着时间的推移来减轻我心里的痛苦。但每到晚上，我便会按捺不住内心躁动的幻想，让自己遭受各种不切实际的念头的折磨。夜深以后，我便会冲到大街上，背叛白天下定的一切决心，在她家附近和我觉得她可能会出现的其他地方徘徊。那时我已经没有脸再去问那个穿着亮片西服的门卫了，只能远远地注视着"大西洋"的门口。五天就这么过去了。我夜夜都在梦中见到她，在梦中，我们之间的亲密前所未有，更胜往常。

第五天，当我发现她还是没有来上班，便打了电话到"大西洋"，找玛丽亚·普德通话。他们告诉我，她请了病假，已经有好几天都没有来过了。看来她真的病了。我有什么理由怀疑她呢？为什么我总是需要找到一点证明呢？她明明就不可能为了躲避我而改变自己的工作时间，或者让门卫把我赶走！我又走到她家楼下，下定决心，即使她在睡觉也要去叫醒她。她给我们的关系设下种种限定，那我又为什么不能这么做呢？对，我们当时都喝醉了，但仅仅因为这样就对那个早上的情况如此苛刻，也确实并不公平。

我气喘吁吁地爬上楼梯，毫不犹豫地按响了门铃。铃声短促地响了一声。我等待着。里面寂静无声。我又按了几次，这次时间更久了一点。我期盼的脚步声没有响起。接着，对面的门打开了一条缝，出现的是一个睡眼惺忪的女仆。

"您干吗?"她问。

"我来找住在这里的人。"

她仔细地打量了我一下，低声咕哝道："那里没人。"我的心跳漏了一拍。

"她们搬家了?"

这时她的语气柔和了下来，可能她也听出我声音里的慌张了："没有，她母亲一直没从布拉格回来。她病了，没人照顾她，所以医生让她住院去了。"

听到这里，我连忙冲过去："那她现在在哪里？病得厉害吗？他们把她带到哪家医院去了？什么时候的事情?"

她被我连珠炮似的问题吓了一跳，后退了一步："别喊了。您会把楼里的其他人吵醒的……他们两天前把她带走了。应该是去了慈善医院。"

　　"她怎么了?"

　　"我也不知道。"

　　我就这么把这位目瞪口呆的女仆留在原地,甚至忘了感谢她,自己就飞快地跑下了楼梯。我向路上碰见的第一位警察询问了慈善医院的位置,接着立刻赶了过去——虽然我自己也不知道去了该做什么。还隔着几百米,我便看到了那座雄伟的石头建筑,不禁打了个寒战。但我还是脚步坚定地走了过去,穿过大门,把门房叫了出来。他的态度不太客气,现在毕竟已经是半夜了,外面天气又很冷。但问了半天,他也没能告诉我关于玛丽亚的消息。他不知道最近有没有女人住院,更别提她究竟生了什么病,我又到哪里才能找到她了。虽然他勉强地笑着,但面对我的问题,他的答案始终只有一句:"您明天早上九点再来吧,到时候会有人告诉您的。"这就是他全部的回答。

　　那是个漫长的夜晚,我一直在绕着医院的高墙踱步。我终于明白了自己有多爱玛丽亚·普德,也终于明白了我有多离不开她,我满脑子都是她。我抬头望着那些透出淡黄色灯光的窗户,暗自忖度她究竟住在哪一间。唉!我多想陪在她身边,照料她,擦去她额头上的汗水,满足她所有的要求!

　　那晚我意识到,原来一个人真的可以与另一个人如此紧密地相连。我也意识到,没有了她,我的生活将是如此空洞,一如一枚随风飘荡的果壳。

154

　　雪花随着风从一面墙飘到另一面墙，渐渐地蒙蔽了我的视线。街上空无一人。救护车不时开进医院大门，过一会儿又再离开。一个警察第二次从我身边走过，长久地注视着我。第三次走过时，他过来问我在这里做什么。我告诉他，我认识的人住了院。他建议我先回家休息，到了早上再过来，但之后他过来时看见我还在原地，便只是怜悯地看了我一眼，又走开了。

　　天亮了，街道重又热闹了起来，进出医院的车也逐渐变多了。九点整，我得到值班医生的允许，进了医院。今天不是会客日，但我想他们可能被我脸上悲伤的表情打动了，为我破了例。

　　玛丽亚·普德住在单人病房里。一个护士带我进去，告诉我不要打扰病人休息。她得的是胸膜炎，但医生觉得她的症状不是特别严重。玛丽亚转过头，刚看见我便露出了一个微笑。但接着，她的表情变了，神情紧张起来。护士刚走，她就问道："出什么事了，莱夫？"

　　她的声音没变，但苍白的脸上却带上了一丝蜡黄。我走近她身边，说："你这是怎么了？你看见自己的样子了吗？"

　　"没什么……我会好起来的……但是你看起来倒是很累。"

　　"昨晚'大西洋'的人告诉我你病了。我去你家看你，对面的女仆说你被带到这里来了。他们不让我进来，所以我就等到了今天早晨。"

"在哪里等？"

"就在这里……医院外面。"

她上下打量着我，脸上的表情很凝重。她好像想说什么，但最后还是没说出口。

护士进来了。我跟玛丽亚道了别。她点点头，但没有笑。

玛丽亚·普德在医院里住了二十五天。他们本想继续留她住院，但她告诉医生她在医院里住不安生，而且回家以后她也能照顾好自己。就这样，她带着医生们给她的建议和长长的药方，在一个雪花纷飞的日子里回到了家。我已经记不清那二十五天里我做了什么。我似乎什么也没做，只是每天都去医院看她，坐在她的床边，看着她空洞的眼神、她布满汗珠的脸颊和随着她艰难的呼吸而起起伏伏的胸口。可以说，我那时并没有真的在活着。要是我确实活着，那我肯定能回想起生活的细节才对。但现在，我只记得当时我所感受到的那股压倒性的恐惧。我害怕我会失去她。她的手指一从毯子下面露出来，或者她的脸一哆嗦，我就觉得自己已经看到死亡的阴影。我甚至能从她的面容、她的嘴唇和她的微笑中看到死亡的逼近：我感到她似乎已经放弃了，已经接受了残酷的现实，甚至已经做好了准备——仿佛一切都只是在等待一个恰当的时机了。那我又该怎么办呢？对，我应该照顾她走完最后一程，保持冷静，选好墓地，安抚她那位到时肯定会从布拉格回来的母亲。最后，和其他几个人一起，将她葬在黄土之下……人们都走了之后，我将会独自站在她的坟墓旁。到了那时，一切才真正开始。我要等到那时才会真的失去她。然后我又该做什么呢？到那一刻之前的一切，我都可以想象得出来，但在那之后呢？再没有什么事，是我能为她做的了。生活已经毫无意义了，我再也想不到比独自苟活于世还要荒唐的事。仅仅是想想，我也感到自己似乎已经完全垮了。一天，她开始有了好转的迹象。她说道："跟那些医生谈谈，让他们放我回去。"接着，她又用随意的口吻低声说："你肯定能照顾好我的。"

我毫不迟疑地跑出了病房。会诊医生想让她再多待几天，我们讨价还价，终于，在第二十五天，我用她的皮大衣裹住了她的肩膀，领着她走下了楼梯。我们乘坐出租车回到了家，司机帮着我把她扶上了楼。即便如此，等她脱下衣服躺到床上时，她还是已经累得筋疲力尽。

从那天起，我真的开始独自一人负责照顾她。有个老妇人会在早上过来打扫卫生，清理火炉，为她做顿饭。虽然我苦苦哀求，但她还是不愿意让她母亲回来看她。她用颤抖的手给她母亲写了一封信，里面说道："我很好。您在那边也要照顾好自己，过完冬天再回来吧。"

"她就算来了也帮不了我。她还需要别人照顾她呢……她只能干着急，惹得我也跟着急。"说到这里，她又漫不经心地小声补充道，"你已经把我照顾得很好了。难道你累了，没耐心应付我了？"

但她说这些话的时候并不是在开玩笑，脸上也没有笑容。自从生病以后，她就几乎从未露出过笑容。她在医院里第一次看到我的时候确实笑了，但之后表情便变得严肃起来。不管她问我要什么，或者为了什么事情感谢我，她的举止总是透着一股忧伤。我会陪她坐到夜深人静的时候，第二天一早又再赶过来。后来，我从别的房间拖进来一个大沙发，并在上面铺了从她母亲房里取来的毯子。我开始和她睡在同一个房间里。我们都在回避之前的那件尴尬的小事——虽然说尴尬也许并不太恰当，也对我们在新年早上的那次对话避而不谈。我去医院看她，自她回家后我们又一起生活——这一切都是如此自然，好像并没有什么好谈的。但我们又确实都在避免谈论现在的新生活。不过，她显然有什么心事。我在公寓里，有时会做些琐碎的家务，有时则会读书给她听。每到这种时候，我都能感觉到她在一直看着我，好像正在我身上寻找着某种东西。一天傍晚，我坐在灯光下为她朗读雅各布·瓦塞尔曼①写的一篇小说，名字叫作《从未被亲吻过的嘴唇》。它讲的是一个老师的故事，此人一生中从未体验过爱，直到垂垂老去也不愿承认其实自己内心一直渴望着他人的温暖。小说精准地描绘了这个人是如何挣扎着

① 德国现实主义作家。

保存自己内心最后的希望，又是如何将这种希望隐藏起来，不被任何人所知的。故事读完后，玛丽亚闭上了眼睛，不发一言。接着她转头看着我，用一种无精打采的声音说道："你还没告诉过我，新年以后，我们没有见面的那段时间，你究竟去干吗了。"

"什么也没干。"我回答道。

"真的?"

"我也不知道……"

我们又再次沉默下来。这还是她第一次谈起这个话题，但我心里并不惊讶。说实话，我其实一直在等着她问我。但我没有回答，而是去拿了些吃的东西递给她。然后我给她仔细地盖好被子，坐在她旁边说："要为你读点书吗?"

"随便吧。"

我习惯了要在晚餐之后给她读点比较乏味的东西，帮助她入睡。我犹豫了一会儿。

"要不，我还是跟你讲讲新年之后的五天我是怎么过的吧。你听了这个，肯定立刻就能睡着。"我说道。

我的玩笑没能把她逗笑。她只是点点头，好像在说："那就讲吧。"一开始我的语速很慢，我不时地停下来，整理自己的回忆。我告诉她，在离开她家以后我去了哪里；在去往范塞湖的路上我又看见了什么，脑子里想了些什么；夜幕降临之后，我又如何开始往回走；回到了柏林，在她家楼下转来转去；最后，我告诉了她最后一晚我如何打听到了她住院的消息，又是如何径直冲向医院，在外面一直等到早上的。我的语气很平静，仿佛讲述的是别人的故事。我把什么都告诉她了——所有我能记住的事情，一件又一件，不厌其烦地讲述各种细节，时而停下来对讲过的事做一番解释。她一言不发地听着，眼睛闭得紧紧的。她一动不动，我以为她已经睡着了，但嘴上还是不管不顾地继续说，好像正在自言自语一般。所有那些我在过去不曾正视过的感情，现在我都承认了，甚至还开始质疑它们，但我还没来得及探究其中的深意，下一个话题便又来到了我的嘴边。而她，只在我告诉她我幻想着自己是如何打电话向她道别时，才睁开了眼睛。但她脸上的表情仍然没有多少变化。

我将一切都和盘托出了。我感到自己没有必要隐瞒，也实在找不到隐瞒的理由。现在，各种幻梦于我而言已经显得十分奇怪了，我很久都没有再做过白日梦，也开始渐渐觉得之前所有的经历已经变得陌生起来。这也是为什么，我在谈到她或谈到我自己时，并没有提到任何主观的推测或臆想：从这方面来看，我可以说是十分冷酷了。那晚我等在医院外面时，确实未曾有过一丝一毫的幻想，也不曾主动去寻觅过这种幻想。我只想讲完这个故事，除此之外，别无所求。我实事求是地评价每一个事件，并不在乎它对我个人而言究竟意味着什么。虽然她表面上仍然是一副无动于衷的模样，但其实她始终在聚精会神地听着。

这是我的直觉告诉我的。我告诉她当我坐到她的床边，想象着她死去的样子时，她眨了眨眼……但她的反应也就仅限于此了……

最后，我的故事终于讲完了。我再也没有什么可说的了，而她似乎也没有。我们在沉默中坐了大概十分钟，她向我转过头，睁开了眼睛，在经过了那么长的时间后，第一次露出了些许笑意（至少在我看来是如此），用柔和的声调说："我们睡觉吧。"

我站起来，铺好我自己的床，然后脱掉衣服，关了灯。但我睡不着。从她的呼吸声中我听出来她也还醒着。过了一会儿，我的眼皮变得沉重起来，但我还在等待着，等待着我熟悉的那种温柔而安稳的呼吸声响起。我挣扎着不让自己睡着，不过最后却还是向睡意投降了。

第二天清晨，我早早醒来。房里还是黑的，只有窗帘上透着暗淡的光线。但我没有听到我熟悉的那种温柔而安稳的呼吸声。房间里寂静得可怕。我们都十分紧张地等待着什么。我们心中都装着许多心事——也许是太多了。我几乎是打从心底里感觉到这一点，但同时又觉得惴惴不安：她醒了有多久了？她睡着过吗？我们的思绪盘旋在房间内，但身体却都没有动。

我慢慢抬起头，在适应黑暗之后，我发现玛丽亚正靠着枕头看着我。"早上好。"我说。我起身到另一个房间去洗脸。回来时，我发现她仍然保持着原来的姿势。我拉开了窗帘，拿走了夜灯，收走了昨晚用过的床具，整理好沙发。接着我又去为女仆打开门，为玛丽亚送上牛奶。

在做这些事的时候我几乎没有说话。我每天早上都会重复这样的工作，然后便出发去工厂，一直待到中午。下午我会为她读点书或报纸，告诉她我今天的所见所闻，直到傍晚降临。这就是生活本来应有的样子吗？说实话，我不知道。但一切都显得那么合适，那么自然。我无欲无求，既不去思考未来，也不被过去所困扰。我只活在当下。我的心就像无风无浪的海面一样平静。

我刮完胡子，穿好衣服，告诉玛丽亚我走了。

"你要去哪儿？"她问。

我有点惊讶，说："你知道的呀，我要去工厂。"

"今天能不去吗？"

"也行，但是为什么不去呢？"

"我不知道……我想让你今天一整天都陪着我。"

我把她的表现当作是病人的一时兴起，但嘴上什么也没说。我翻开了女仆留在床边的报纸。

玛丽亚似乎十分坐立不安，好像还有点烦躁。我放下报纸，坐到她旁边，把手放到她的额头上："你今天感觉怎么样？"

"很好……好多了……"

虽然她坐着没动，但我感到她想让我继续把手放在那里。我于是就保持着这个姿势，看着她努力集中起精神。

我故作轻松地说："看来你是好多了！那你昨晚为什么不睡觉呢？"

她怔住了。血液从她的脖子冲到她的脸上，我注意到她正绞尽脑汁地想办法回答。忽然，她闭上了眼睛，好像失掉了所有力量一样向后一仰。她的声音非常柔和："唉，莱夫……"

"怎么了？"

她坐起来。"没什么，"她倒抽了一口气，"我只是不愿意让你今天离开我……你知道为什么吗？我猜应该是因为你昨晚告诉我的事。我知道你一走，那些事就会全部朝我涌来，让我不得安宁……"

"早知道是这样，我就不告诉你了。"我说。

她摇摇头："不，我不是这个意思……我想的不是我自己……只是现在我再也不能相信你了！我担心留你一个人……你说得对，我昨晚几乎没睡。我一直在想你。我一直在想你离开我以后做的那些事，想你是怎样在医院外面转悠，想那些你说了或没说的事……这就是为什么，我再不能留你一个人了！我很担心……不仅仅是今天……我再也不会让你离开我的视线了，永远也不会！"

她的眉头上沁出了小小的汗珠。我轻柔地将它们擦去，手心又暖又湿。我惊奇地看着她。她在笑，这是我这段时间

第一次看到她露出纯洁又天真的笑容；但同时，泪水也正沿
着她的脸颊簌簌而下。我握住她的手，将她拉到我怀里。现
在她的笑容甚至比之前还要温柔，温柔许多倍，但她的泪水
也没有停止。她一声不响，也没有抽泣。我从没想到竟有人
能这样安静地哭泣。她的手像两只白色的小鸟，栖息在白色
的床单上，我握着它们，轻轻地抚摸着。她的手指蜷起，在
我的掌心中伸开又捏紧成拳头，手心的掌纹如叶脉般纤细。

我缓缓地将她放到枕头上躺下。

"别累坏了。"我说。

她的眼睛闪烁着光芒。她说："不！不！"她抓住我的胳
膊，仿佛自言自语一般继续说："现在我知道究竟少了什么
了。不是你，而是我……真不敢相信……我只是不敢相信你
真的会那么爱我，所以便假定我并不爱你……现在我懂了。
人们似乎剥夺了我信任他人的能力……但现在我又可以相信
别人了……你教会了我该怎么做……我爱你……我的爱并不
疯狂，我头脑清晰地爱着你……我需要你……这折磨人的欲
望……要是我能好起来……我什么时候才能好起来？"

我没有回答，用脸颊拭去她眼里的泪水。

之后，我一直陪在她身边，直到她痊愈。偶尔我需要出
门买点食物和水果，也需要回旅馆换身衣服，每到这时她便
只能一个人待上两三个小时，但我却每每感到时间真是漫长
得可怕。而当我拥住她，让她坐到沙发上，或在她肩上披上

一件薄毛衣时，我又会感到那种将生命都献给另一个人所带来的无边无际的幸福。我们坐在窗边看着窗外的景色，一看就是几小时，什么也不说，只是偶尔对视一眼，彼此露出一个微笑。她生病以后愈发像个小孩，而我也感到自己幸福得像个孩子。过了几周，她感到自己已经好多了，我们便开始趁着天气好的时候，出门到街上散步，走上半小时。

她穿衣服还是很费劲，一俯下身便会咳个不停，所以最后连长裤也是我帮她穿的。然后她便会穿上她的裘皮外套，由我搀扶着她慢慢走下楼梯。我们会坐在房子五十米开外的长椅上休息，然后漫步穿过蒂尔加滕，走到小湖岸边，看着天鹅掠过杂草丛生的水面。

但有一天，一切都结束了……那件事情是如此简单，发生得又是如此突然，我几乎没能领会到它带来的巨大的影响……我那时只是有点吃惊，虽然心里很难过，但我确实怎么也没有想到，这么一件事竟然会给我的人生留下如此深远的影响。

在那些日子里，我一直不愿意回旅馆去。虽然我一直在预支房费，但因为我很少出现，老板娘对我的态度已经冷淡了。一天，赫普纳太太说："您要是搬去其他地方了就请直接告诉我吧，我们也好告诉警察，免得人家觉得我们不负责任。"

我试着让气氛变得轻松一点："我怎么舍得离开您呢?"

说完，我回到了我的房间里。我已经在这里住了一年了，但现在，我从土耳其带来的各种私人物品和房间里四处散落的书籍，却都令我感到十分陌生。我打开行李箱，拿出一些必需品，用报纸把它们裹了起来。这时，一个女仆走进了房间。

"您有封电报，已经到了三天了。"她说着，递给我一张折起来的纸。

一开始我不太明白她究竟在说什么。不知为何，我始终抬不起手来接过她手里的电报。不，这张薄薄的纸页跟我没有任何关系……我在心里暗暗希望，无论前方等待我的是怎样的悲剧，只要我不去看这封电报，我就能远远地避开它。

女仆怀疑地看着我。她看到我不打算动，便把电报放到了桌上，转身离开了房间。这时，我一把抓过电报，打开了它。

这是我的姐夫发来的。"令尊已过世。钱已汇。速回。"就这样。不过十个字，意思已经很清楚了……但我却仍然站在原地，眼睛盯着手里的纸页，一遍又一遍地读着上面的内容，逐字逐句。然后我动了动，把刚包好的包裹夹到胳膊下，走了出去。

发生什么事了？我看见周围的景物一切如常，和我来时一模一样。无论是我，还是我身边的世界，似乎都没有变化。玛丽亚可能正在窗户边等着我，但我却已经不是半小时前的那个人了。几千公里外，一个男人停止了呼吸。虽然这已经是几天，甚至几周前的事了，但玛丽亚和我却都没有注意到。每一天似乎都和前一天一样。但忽然之间，一张微不足道的纸颠覆了我们的世界，把我打了个措手不及，将我从这里抽离出来，扔到它来时的那片土地上。那片土地，现在要把我夺回去了。

现在我知道了。我清楚地看到了我曾经错得有多荒谬，竟敢以为过去这几个月的生活是真实的，甚至敢奢求它会永远如此！尽管如此，我却仍然渴望去阻挡那不可阻挡的一切！不该是这样。我们生来是谁的孩子，不该有那么重要。重要的，应该是两个人找到了彼此，得到了难能可贵的幸福。其他的一切都应该是次要的，它们都应该回归到自己的位置上，让位于伟大的幸福。

但我心里清楚，世事并非如此。主宰我们的人生的，正是那些微小的琐事。是的，生活就是由微小的琐事构成的。我们自己的逻辑，永远都与生活的逻辑相悖。一个女人在火车上透过窗户向外张望时，眼睛里却进了一点煤灰，她没有多想便伸手揉了揉。导致那双美丽的眼睛失明的，也许正是这么一个微不足道的动作。又或者，大风吹过，一块砖松了，掉下来正好砸中了一位天之骄子的脑袋。这种时候再去问哪个更重要，是一只眼睛还是一点煤灰，是一块砖还是一个聪慧的头脑，又有什么意义呢？我们别无选择，只能顺从地接受这些意外，接受生活压在我们肩上的所有重担。

　　难道真是如此吗？没错，这个世界上就是充满了各种我们无法理解，也无法避免的事情。至少这一点是真的。但哪怕自然真是如此规定，一定也有些荒唐且不合逻辑的事情是我们无法做到的。比如说吧，把我绑在哈夫兰的，究竟是些什么呢？几座橄榄园、两座肥皂厂，还有些我既不了解，也不愿去了解的家人……我的生活在柏林。我与这座城市有着千丝万缕的联系。既然如此，我为什么不能留下来呢？答案很简单：我们在哈夫兰的生意会暂停，我的姐夫们将不再给我寄钱，这样我便什么都做不了。再说，我的护照、居住许可证以及使馆登记证都快到期了……这些东西对我来说到底有多么重要呢？但不得不承认，它们在我的生活中必不可少。

　　我把这些都解释给了玛丽亚·普德听。有那么一会儿，她什么也没说。接着她奇怪地微笑了一下，好像在说："我不是告诉过你了吗？"而我呢，则努力维持着镇定，担心自己如果真的敞开心扉，说出自己内心所想的，我看上去一定会很可笑。但我还是有好几次都问道："我该怎么办？"

　　"你该怎么办？嗯，你当然应该回去……我也会离开这里一段时间。不管怎样，我也不会很快就回去工作。我可以和我母亲一起在布拉格住一段时间。住在乡下应该会对我的健康有好处。我可以在那里待到春天结束。"

　　我觉得她有点奇怪，竟对我的困境避而不谈，反而说起了自己的计划。同时，她不时又会遮遮掩掩地瞥我一眼。

　　"你什么时候走？"

　　"我不知道。可能收到路费了就走吧……"

　　"那可能我走得比你还早……"

　　"真的!?"

　　她见我那么惊讶，露出了笑容："你呀，心里一直是个小孩，莱夫。只有小孩才会为无法避免的事情烦心。不管怎么说吧，我们还有很多时间，可以商量一下再做出决定。"

　　我出门去办一些离开柏林前必须要打点好的琐事，也顺便去旅馆那边退了房。傍晚我回到家里，发现玛丽亚竟然已经收拾好了东西，准备好要出发了。我大吃一惊。

　　"何必浪费时间呢？"她说，"我会尽快离开，也方便你在这里做些临行前的准备。然后嘛……唉，我也不知道……总之，我已经决定要比你先离开柏林了……我自己也不清楚为什么……"

　　"如你所愿吧。"

　　这样我们便放下了这个话题。我们本来计划要好好商量过后再做决定，但最后却什么也没说。

　　她在第二天傍晚坐火车出发。我们在家待到下午，一起默默看着窗外，记下了对方的地址。我们说好，我每写一封信都会给她顺道再寄去一个信封，并在信封上写好我的地址，以确保她的信件都能被送到我手里。毕竟，她不会写阿拉伯语，哈夫兰的邮差又不会读拉丁字母。

整整一小时，我们都只是在漫无目地随意聊着天，谈的都是今年的冬天会冷多久，或二月快结束了地上竟然还有积雪之类的话题。她显然在盼着时间快点过去，但我却仍然在荒唐地希冀着能和她就这么肩并肩地坐上一辈子。

令我惊讶的是，原来我们竟如此热衷于单调和乏味。偶尔，我们会交换一个困惑的微笑。最后终于到了该去车站的时候了，我俩似乎都松了一口气。从那一刻开始，时间便飞速地流逝。我帮她将行李放好以后，她不愿待在车厢里，而是坚持要和我一起到站台上等着火车出发。就这样，我们又带着先前那种微笑共度了二十分钟，但对我来说，那段时间却并不比一秒更长。我的脑海中掠过一千个念头，但我已经没有时间向她表达。话说回来，我明明曾拥有一整天的时间可以对她倾诉，为何离别竟会表现得如此冷淡？

一直到发车前的五分钟，玛丽亚·普德才似乎终于再也维持不住表面的镇定。这使我安下心来。我想，要是就这么隐藏起所有的感情看着她离去，我一定会非常难过。她不停地牵起我的手又放下。"太荒唐了，是吧？"她不断地重复，"为什么你非得离开不可呢？"

"但现在要离开的是你啊。我还在这里呢。"我说。

她好像没有听见我说话，抓住了我的胳膊："莱夫……

我要走了。"

"对……我知道。"

火车要开了。列车员关上了车厢门。玛丽亚·普德跳上台阶，但接着又朝我俯下身，用非常温柔的声音说道："我要走了。但只要你呼唤我，我便会来到你身边……"

一开始我没有理解她的话是什么意思。她顿了顿，又补充道："不管你叫我去哪儿，我都愿意去！"

现在我明白了。我抓住她的手，深深地亲吻它们。玛丽亚走进了车厢，火车缓缓开动了。我看见她的身影出现在窗户边，连忙跑上前去，但接着我又停了下来，放慢了步子。我向她挥手道别，大喊道："我会叫你的……相信我！我一定会的！"

她微笑着点点头。从她的表情我能看出，她确实是相信我的。

我感到我们的话并没有说完，心里很沮丧。为什么我们昨天没有谈谈这个话题呢？甚至在帮她将行李放进车厢时，我们聊的也只是冬天的天气和旅途中的乐趣而已。为什么我们要回避所有这些最为重要的事情呢？但是，也许这样才是最好的。言辞再多，又有什么意义呢？我们不也是只能得出这同一种结论吗？玛丽亚已经找到了最合适的方法……我非常确定……一个提议和一份肯定……简短的、情不自禁的、不容置疑的！再不可能有什么离别比这一次更加完美了。所有未出口的炙热的情话，现在看来又是多么乏味，多么无力……

我开始理解她为什么要在我之前离开了。要是我先走，她肯定会难以忍受孤寂的柏林。反正，我自己就是这么觉得的，即使在这期间我一直忙于购买车票和安排行程，办理签证和护照。每当碰巧经过我们曾一起走过的某条街道，我心中泛起的感受是多么奇怪啊！但我其实并没有什么可伤心的。一旦我回到土耳其，安排好各项事宜，我便会接她过来。就那么简单……我任由自己的白日梦像脱缰的野马般驰骋着。我已经能看到我为我们修建的那座美丽的别墅了，就在哈夫兰城外，那里有山有树，我们尽可以携手饱览风景。

四天后，我途经波兰和罗马尼亚回到了土耳其。对于我的旅程和我之后在土耳其度过的岁月，其实我并没有什么好说的……只是在康斯坦萨①登船以后，我才开始细想自己回土耳其的原因。我终于接受了一个事实：我父亲去世了。我有些羞愧自己竟然花了那么长的时间才意识到这件事。但说实话，我对他也没有多少感情。对我来说，他一直就和陌生人无异。要是有人问我，我父亲是不是一个好人，可能我会哑口无言。我和他从未亲近过，也就自然不知道他究竟是好是坏。即便只是想象一下他真实的面目，我也感到困难重重。对我而言，他一直就是一个抽象的概念：一个父亲；一个秃了顶的男人，蓄着灰色的胡须，每晚回来时都眉头紧

————————

① 罗马尼亚商港，位于黑海西岸。

锁，一言不发；一个不觉得自己有必要去关心孩子或妻子的男人。当他在咖啡馆里的时候，却和我在家中看到的他完全不同。这个男人总是一边喝着酸奶饮料，一边大笑并骂着脏话下双陆棋……我多想要一个这样的父亲……但只要我靠近，他便会大发雷霆，训斥道："你在这里做什么？去火炉旁边喝你的热果汁吧。然后就马上回去，在我们家附近玩！"

甚至在我年岁稍长，从军队回来以后，他待我仍然和过去一样。我在自己眼里越是成熟，在他眼里就越是渺小。在我偶然告诉他我的想法时，他只会轻蔑地挪开他的目光。后来他放任我沉溺在自己的幻想之中，不曾屈尊降贵来与我争论，更是证明了他打从心眼里看不起我。

但是，在我心中还是没有什么能够玷污我对他的记忆。一直以来，令我难以释怀的其实从来都不是他在我成长过程中的缺席，而是他现在已经不在了。我越是靠近哈夫兰，心里就越难过。难以想象，现在我的家和故乡里都已经没有了他的踪影。

再多谈这件事已经没有意义了。尽管我一点也不想谈论接下来近十年的情况，但用几页篇幅来谈谈我生命里最空虚的篇章，还是很有必要的，我可以借此说清楚一些事。我回家时并没有受到热情的欢迎。我的姐夫们都在奚落我，我的姐姐们都把我看作陌生人，而我母亲的生活则比从前更加凄凉。家里已经空了，母亲也搬去和我最大的舅舅同住了。我无处可去，只能和一个上了年纪的家仆一起住在原来那所空荡荡的大房子里。我本想接手父亲的生意，但却被告知他的资产在他死后已经被瓜分了。我从我那些姐夫的嘴中问不出父亲究竟给我留了什么，大家都没提起那两座肥皂厂的事。后来我才知道，原来我父亲之前就已经将它们卖给了我的姐夫。卖掉肥皂厂所得的钱，以及我父亲存下的现金和黄金也都不知去向了。而我母亲什么都不知道。我问她的时候，她说："我怎么知道呢，儿子？你父亲去世前，根本没告诉我他把钱埋在哪儿了呀。在他临走前的那段日子里，你的姐夫们一直待在他身边……我怎么知道他当时快不行了？他最后肯定告诉他们他把东西埋在哪里了……我们现在应该怎么办？可以去找找寻宝人……他们什么都知道。"

于是我母亲寻遍了哈夫兰城里和附近的所有寻宝人。我们听从了他们的建议，几乎挖开了每一棵橄榄树的树根，找遍了每一处墙根。她剩下的最后一点钱也全部花在了这项大业上。我的姐姐们也找了寻宝人，但她们都不愿意自己出钱。我注意到，我的姐夫们似乎都觉得我们这项无穷无尽的挖掘工作非常可笑。

丰收的季节已经过去了，橄榄园没有带来任何收益。但我认为日后通过贩卖果实，还是有可能获得一小笔钱的。我的目标是撑过这个夏天，橄榄在秋天就能收获了，这样我便可以尽全力将一切扶上正轨。等一切稳定下来，我便会立刻

174

写信给玛丽亚·普德，让她过来。

自从我回到土耳其后，我们经常通信。读信和写回信常会花去我几小时，但也让我得以从可怕的现实中解脱出来，暂时不必想起那个凄惨的春天和令人窒息的夏季。玛丽亚和她母亲一起回到柏林时，我已经到家一个月了。我把信寄到波茨坦广场的邮局，她也去那里取信。在仲夏时候，我收到了一封奇怪的来信。在信上，她告诉我她有一个非常好的消息要和我分享，但只能在她来到土耳其后当面告诉我。（那时我告诉她，我已经准备好在秋天接她过来了。）虽然后来每次写信我都会问她究竟是什么好消息，但她从没回答过我。她只说要等到她见到我以后才能说。

于是我便等着。不仅仅是等到秋天，而是等了十年……直到那时，幸福的消息才终于传递给了我……那时，也就是昨晚而已……但我还是暂时不说这个吧。让我先把故事讲完。

那一整个夏天我都穿着靴子、骑着马，奔跑在山脉之间，视察我的橄榄园。令我不解的是，父亲留给我的竟全是些干旱、荒凉、偏僻的土地。城镇附近的橄榄园土地更肥沃，每棵树都能产半袋子的橄榄，但我父亲却把这些果园全留给了我的姐姐们，或者说得更准确一点，留给了我的姐夫们。而给我的橄榄树都已经有很多年没有修剪和打理过，几乎长成了野树。很快我就意识到，我父亲还活着的时候，大家就已经懒得上来摘这些树上的果子了。

　　我回想着我父亲的病、我姐姐们不安的表情和我母亲痛苦的样子，意识到我的姐夫们趁着我不在家搞了鬼。但我还是努力地工作着，只想着打点好手头的事情，而玛丽亚寄来的每封信都能令我重拾勇气、燃起希望。

　　到了十月初，橄榄开始成熟，我也正打算唤来我的爱人的时候，来信却忽然中断了。那时我已经翻修了房子，又从伊斯坦布尔订了新的家具，还买了一个浴缸，翻新了老旧的浴室。哈夫兰的人们对我的所作所为又惊讶又不屑，我的家人们尤其如此。

　　我觉得告诉他们原因似乎不太合适，于是他们便也把我当作了盲目模仿欧洲风尚的纨绔子弟。确实，我境遇不佳，每一分钱都是从放债人手里借出来的，从橄榄园里辛苦挣来的，但我竟然把它们全花在了装着镜子的浴室柜上，简直跟疯了一样。我苦笑着承受了他们的指责。毕竟，他们并不理解我为什么会这么做。而我也没觉得自己有必要向他们解释。

　　但在接下来的大概二十天里，我没有得到任何关于玛丽亚的消息，一种不祥的预感攫住了我。我本就天性多疑，此时更是想出了一千种让她不再写信的理由。我不断地写信给她，一封接一封。没有任何回音。我陷入了绝望之中。其实，哪怕是在信件完全中断前，她的信也已经来得越来越少。她的信写得越来越短，提笔也好像变得很困难……我拿出了她寄来的所有信件，全部重读了一遍。最近几个月，她的信中总有些遮遮掩掩的地方，甚至还有些推诿，完全不像是她这样一个坦诚的人会写出的东西，仿佛她正在隐瞒什么令她始料未及的情况。我开始问自己，她是否真的希望我接她过来，还是她既担忧我真会让她过来，又不愿打破自己的承诺。我逐字逐句地读完了所有的信，她的每一个玩笑和每一个尚未讲完的念头都令我困扰不已。

我写给她的信什么也没有带回来。我最恐惧的事情发生了。

我再也没有收到过玛丽亚·普德的消息。我甚至再也没有听到过她的名字……直到昨天……但现在说这个还为时过早……一个月后，我寄出的最后一封信被退了回来，上面戳着一个印章："查无此人，退回原处"。就这样，我失去了所有的希望。直到今天，回想起我在那之后几天里发生的变化，也令我感到十分惊讶。我一动不动，什么也看不到，什么也感觉不到，也不能思考。支撑着我活下去的力量已经消失了，剩下的只有我自己的影子而已。

现在的我，和那次新年过后的我完全不同，毕竟那时还没有像现在这么绝望。那时我还有梦可以做，还盼着我们能再续前缘，还想着要改变她的想法。但现在，我完全无能为力了。我们之间隔着千山万水，我什么也做不了了。我闭门不出，从一个房间游荡到另一个房间，反复读着她的信，以及我写给她的那些信。我流连于那些我才注意到的细节，独自苦笑。

我放弃了工作，甚至放弃了整个人生。我什么也没有了。我不再去摇晃那些橄榄树，也不再把果实送到工厂里榨成油。有时我会穿上靴子，走到郊外，四处漫步，不必担心碰见别人，直到晚上才回家，然后缩在沙发上睡上几小时。每到早上醒来时，我便会感到心脏一阵剧痛，真不知道自己为什么还活着。

就这样，我的生活又重新回到了我遇见玛丽亚·普德之前的状态。日子如过去一样空虚又毫无目标，但与从前比起来，现在我却更痛苦了。二者之间还是有差别的：从前我无知地认为生活本来就如此空洞，但现在，我已经知道了生活还能有另一番景象，这种想法不断地折磨着我。周围的一切再也无法激起我的兴趣。那扇通往幸福的大门已经将我永远挡在了外面。

这个女人曾在一个短暂的时期内将我从无知无觉的昏聩中拉出来，她让我知道，我是一个男人，更是一个人。从她身上，我看到了世界其实并不如我从前想象的那般荒唐，而且我仍然拥有享受快乐的能力。但自我们断绝联系的那一刻起，她曾带给我的种种希望便都被剥夺了，我又回到了从前的状态。并且，现在我还知道了我到底有多么需要她。我就是那种无法独自撑过人生的人，我需要她在我身边。没有她的支持，我便难以存活。但我却还是继续活着……如果这种行尸走肉的状态也能叫活着，那我便也确实还在苟延残喘……

我再也没有听说过关于玛丽亚的任何消息。我写了信给旅馆，但老板娘在回信中说，范·缇德曼太太已经搬走了，而且没有留下现在的地址。我还能问谁呢？玛丽亚曾在一封信中告诉我，她和她母亲从布拉格回来后便搬了家，但我也没有她们的地址。我忽然发现自己虽然在柏林住了两年，但认识的人却非常少，这使我感到十分震惊。这期间，我从未离开过柏林，但对城里的大街小巷却可谓了如指掌。每一家博物馆和画廊，每一片森林和湖泊，每一个动物园，每一座植物园，我都曾一一造访。但在这个住着百万人的城市里，我却只与十几个人交谈过，真正了解过的更是只有一个人。

也许她就是我那时所渴求的一切了。我想我们所有人都在渴求的，也不过只是另一个人而已。但要是那个人并不存在呢？要是一切都只是幻梦一场，只是自己的错觉呢？我已经无力再去希冀，也无力再去相信了。我对他人毫无信任可言，这种不信任的感觉是如此强烈又如此苦涩，有时甚至连我自己都会被吓一跳。我对自己遇见的每一个人都充满敌意，也总是假设他们图谋不轨，心怀鬼胎。这种态度并未随着时间的流逝而缓和下来，一年又一年过去了，它甚至变得越来越明显。我对他人的怀疑终于变成了怨恨。我躲避着每一个想要接近我的人，人们越是与我亲近，我心里就越害怕，总担心他们还会继续靠近我。"都是因为她对我做的这些事……"我曾这样对自己说。但她又究竟做了什么呢？我不知道，所以我的幻想总会久久地逗留在那些最悲痛、最恐怖的猜测上。世事就是如此……那么，紧紧抓住一个离别时匆匆许下的诺言，又有什么意义呢？还不如在那时便切断我们之间所有的纽带，老死不相往来。我的信件一直待在邮局里，无人查收……无人回复……现在我曾相信过的一切都完了。谁能肯定，她又经历了怎样崭新的冒险呢？谁能知道，她在别人的臂弯里是否又发现了更加亲密、更加高尚的幸福呢？为了俘获一个年少无知的男孩的心，她确实曾许下过承诺，但仅仅因为这一点，就抛弃这样的快乐，贸然走上一条前方晦暗不明的生活道路……最后，她的理智还是占据了上风。

尽管在头脑中已经想了千千万万遍，为什么我却仍然无法适应新的生活？为什么我仍然会畏缩于触碰每一个闯到我面前的新机会呢？为什么只要有人接近我，我的第一反应仍然是他们会伤害我呢？偶尔，我也会忘记这一切，让别人走得更近一点。但这时，那诅咒一般的厄运之声便会在我耳边响起，令我再次控制住自己："别忘了，别忘了！永远都别忘了她过去甚至比这些人靠得更近……但即便如此，她最后也离开了……"要是有人真的变得和我十分亲近，甚至让我又再次燃起希望，我便会立刻压抑住自己的感情："不！不！她与我曾比这还要亲近，亲近许多……对，但结果竟是那样！"相信还是不相信……这个问题每天、每秒都在困扰着我。无论我有多想挣脱，这种挣扎到最后都是无用的……我结了婚……哪怕是在我的婚礼上，我心里也清楚，离我最远的，恰恰是我妻子本人。我们生了孩子……我爱她们，但我也知道，她们永远也无法弥补我失去的一切……

我从未对我做过的任何工作产生过兴趣。我就像一个机器人，机械地做着手里的事，实际上却并不知道自己究竟在干吗。我任由自己被欺骗，并且还能从中得到一种奇怪的快乐。我的姐夫们把我当猴耍，但我却并不在乎。我剩下的所有财产都用来支付婚礼的费用，还欠了债。橄榄园值不了多少钱，出售的价格也被压得很低，但即使那些买家个个都富得流油，他们之中仍然没有一个人愿意以每棵树半里拉的价格收购我的橄榄园，毕竟每棵树每年结下的果实也只能卖到七八里拉而已。我的姐夫们为了帮我一把，也为了让家庭财产不至于流到别人手里，帮我还清了欠款，同时买下了我的橄榄园。就这样，除了一座有十四个房间和几件破烂家具的房子以外，我一无所有了。我的岳父当时还在世，在巴勒凯西尔①做公务员。在他的帮助下，我在省会的一家公司里谋

---

① 土耳其西北部城市。

到一份稳定的工作。我在那里待了很多年。家里的负担越来越重，我也越来越离群索居，最后完全失去了和别人建立联系的能力。后来我岳父去世了，我便承担起了照顾妻弟、妻妹的责任。我当时的薪水只有四十里拉，根本负担不了那么多人的开销。所以我妻子的一个远房亲戚又在安卡拉的银行里为我寻了一个职位，我一直在那里工作，直到今天。虽然我那时很怕羞，但晋升也是很有希望的，毕竟我还懂一门外语。但事实却不尽如人意。无论身在何处，我总是很难让他人注意到我的存在。机会很多，许多人都曾给过我转瞬即逝的希望，让我以为自己也许可以凭借着多年来积攒的学识开始新的生活。但我就是无法摆脱心中的悲观。

　　我一生中只相信过一个人。我是如此深信不疑，以至于一朝被欺骗，便再也无法去相信另一个人。我并不生她的气。我不怨她，也不恨她，甚至从未质疑过她的人品，我只是转而去憎恨世界上的其他所有人。因为对我而言，她就是整个人类的象征。岁月蹉跎，我从未忘记过她，甚至心中愈发地悲痛了。她肯定已经忘了我了。她现在又住在哪里？和谁一起共度人生呢？每到傍晚，我听着孩子们的哭声、妹夫们的喧闹声、我妻子的拖鞋敲击在厨房地板上的嗒嗒声，以及她收拾碗碟发出的清脆的撞击声，我都会闭上眼睛，想象此刻玛丽亚·普德在做什么。或许，她正和一个志趣相投的朋友一起在植物园里散步，欣赏树上的红叶；又或许，她和这个志趣相投的朋友正漫步于昏暗的画廊，欣赏着大师们的杰作。一天傍晚，我在附近的商店里买东西，走到外面时忽然听见住在我们家对面的那个年轻男子正在收音机上收听韦伯①的《奥伯龙》②。我曾和玛丽亚一起去看过这个歌剧。她非常喜欢韦伯，我们在外散步时，她总会用口哨吹起这同一首序曲。那一刻，我感到心中对她的思念又复活了，仿佛我们的离别就在昨天。无论丢失的是尘世的幸福还是宝贵的财富，失去心爱之物的痛苦也许会随着时间而消退，但错失的机会却永远也不会放过我们，每每想起，都会令我们的心脏一阵抽痛。又或许，始终纠缠着我们的，其实是那种认为事情也许会有另一番发展的想法。要不是因为这样的想法，我们或许还能把一切都归于命运，接受事实。

　　我的妻子和孩子们从未给予我太多关注——其实，家里的其他人也是如此。但我倒也从未期盼过他们的关注。在柏林的那个奇怪的新年里，我为自己戴上了一副无用之人的面具，而现在，它已经与我融为一体，成了我的皮肤。除了在他们需要买面包时给他们些零钱以外，我对这些人而言别无他用。我们最期盼从别人那里得到的不是金钱或物质上的帮助，而是爱和关注。一个男人成了家，却从未得到过二者中的任何一个，那他还算有家吗？他在供养的，不过是些陌生

---

① 卡尔·玛利亚·冯·韦伯，德国作曲家。
② 三幕歌剧，取材于法国的传奇故事，韦伯的代表作之一。

人罢了。真想有一天他们能不再需要我，真想一切都快点结束啊！到最后，支撑着我活下去的只剩下这种遥远的希冀了。我几乎像个等待刑满释放的罪人，一天又一天地勉强度日。要是我心中对那些逝去的日子还有一丝珍惜，那也只是因为随着它们的流逝，我也更加接近最终的结局而已。我活得像棵植物，没有知觉，没有抱怨，也没有意志。我已经失去了感受的能力，既不悲伤，也不快乐。

我怎么会对其他人充满怒气呢？在我眼里最珍贵、最美好、最可爱的那个人，却给我带来了这样残忍的命运，让我还怎么去对他人有所期盼呢？我再也不能爱，也不能再冒险进入任何亲密的关系中了，因为我曾经无条件地信任过的那个人彻底地欺骗了我。在此之后，我又怎么能再去相信其他人呢？

一想到未来，我看到的只有年复一年的乏味和无趣，然后，那期盼已久的一天终于到来，带来我人生最后的结局。我别无所求。生活给我发了一手烂牌。但木已成舟，不必再去责怪我自己或别人。最好还是接受事实，接受未来也会同样暗淡的事实，再想办法去忍受这一切。生命于我而言空洞无比，但我能得到的也就那么多了。没什么可抱怨的。

但是，有一天……其实就在昨天——周六，我回家换了衣服，我妻子告诉我，家里还缺几样东西："明天商店就都关门了，你还得再去一趟！"于是我又不情不愿地重新穿上衣服。我一直走到卖鱼的市场。天很热，街上挤满了人，大家都在等待着夜幕降临，在满是尘土的空气中乘凉。我买完东西，把它们夹在胳膊下，朝雕塑那边走去。虽然要绕点路，但我还是决定走柏油路回家，不走曲曲折折的后街。一家商店外挂着的大钟上显示现在正好六点。忽然，一个人抓住了我的胳膊。

一个女人在我耳边叫道："莱夫先生！"

听见有人用德语叫我的名字，我简直大吃一惊！我下意识地想逃，但那个女人手上却愈发用力。

"不，我没认错，真的是您，莱夫先生！老天爷啊！"她大声说道，引得过路的人纷纷侧目，"一个人的变化真能有那么大吗？"

我慢慢抬起了头，虽然我其实不用看她的脸，光从她的声音和臃肿的体形上也能认出她是谁。

"啊，范·缇德曼太太，真没想到能在安卡拉遇到您。"我说。

"不是范·缇德曼太太啦……是多普科太太才对！为了这个丈夫，我可是牺牲了一个'范'字呢①！但是我过得也不错！"

"恭喜您了……所以……"

"对，对，您也能想到……您回土耳其后不久我们就搬

① 原文为 Van，早期的荷兰人姓氏中，Van 通常代表贵族。

出了旅馆……自然是一起搬的……我们去了布拉格……"

一听到布拉格，我的心就像被刀插中了一样。我无法控制自己的想法。但我该怎么问她呢？她对我和玛丽亚的关系一无所知。要是我问她了，她会怎么想呢？她会不会问我，我怎么认识玛丽亚呢？她又会说什么呢？她最好还是不要知道比较合适吧？已经过去那么多年了——十年了，甚至比十年还要更久一点。现在再去打听她的消息，又有什么意义呢？

我注意到我们还站在大街中央，便说道："来吧，咱们一起坐会儿。我们还有那么多话没说完……竟然能在安卡拉看见您，我还没回过神来呢。"

"对，我也想和您一起坐坐，但我们的火车再过不到一小时就要开了……不能误了出发的时间啊……要是早点知道您在安卡拉，我肯定会给您打电话的。我们昨晚才到，今晚就要走了……"

这时我才看到，她身边还安安静静地站着一个脸色蜡黄的小女孩。她大概只有八九岁。我笑了笑，问她："这是您女儿？"

"不是，亲戚家的……我儿子已经从法学院毕业了。"

"您还在推荐书给他读吗？"

她疑惑了一会儿，然后便想了起来，微笑道："对，您说得对，但他可不管我给他推荐什么呢。他那时年纪还小……才十二岁……唉，天啊，时间过得可真快！"

"对啊……但您看上去真是一点也没变！"

"您也没有呀！"

她之前的话才是真的，但我没有拆穿她。

我们继续往前走着。我不知道该如何问起玛丽亚·普德的近况，于是只能随便说些我毫无兴趣的事情。

"您还没告诉我，您怎么会来安卡拉呢。"

"啊，对，那就跟您说说吧……我们只是路过而已，停下来歇一晚。"

她同意到卖柠檬汽水的小摊上坐个五分钟，接着讲她的故事。

"我丈夫现在在巴格达……您也知道，他一直在殖民地做生意。"

"但巴格达不是德国的殖民地啊！"

"这我知道，亲爱的……但是我丈夫专门从炎热地区进口食品，现在正在巴格达买蜜枣呢！"

"那他也在喀麦隆进口蜜枣吗？"

她看了我一眼，好像在说："别犯傻啦。"

"我也不知道，您还是自己写封信问他吧。他不喜欢我们女人对他的生意指手画脚的。"

"那您现在是要去哪里呢？"

"去柏林……看看我的故乡，还有……"她冲着身边那个脸色蜡黄的小女孩打了个手势，"为了带这孩子回去……她身体不好，我们就带她出来过冬。现在我得带她回家了。"

"您经常去柏林吗？"

"一年两次吧。"

"那我想多普科先生的生意应该做得顺风顺水吧？"

她露出一个微笑，扭了扭身子。

我还是开不了口去问她。现在我明白了，我那么犹豫并不是因为我不知道如何问这个问题，而是因为我害怕听到我可能会听到的一切。但我不是已经完全把自己交到命运手里了吗？所有的激情都已经离我而去了。那我还有什么可怕的呢？玛丽亚可能也找到了一位她自己的多普科先生。又或许，她还没有结婚，还周旋于不同的男人之间，寻找着值得自己托付终身的那个人。也许，她现在已经认不出我了。

想到这里，我发现自己竟然也记不起她的脸了，十年来，这还是第一次。我们竟然都没有对方的照片……多让人震惊！我们当年离别时，怎么都没有想到拍一张照片呢？对，那时我们都以为我们很快就能团聚，我们也都太相信记忆的力量。但为什么我直到现在才想到这个问题呢？难道我从没感到自己需要努力才能回想起她的面容吗？

曾经，她脸上的每一根线条都深深地印刻在我脑海中。在开始那几个月里，我立刻就能在心中描绘出她的脸庞，毫不费力……后来，在我意识到一切都结束了以后，我花费了很多力气才能不让自己看到她，想到她。我知道自己已经无法承受她的形象。哪怕穿皮大衣的玛丽亚的影子只是在我的脑海中掠过，我也会被彻底击垮。

现在我的记忆已经褪色，无力再伤害我，但我却开始想要寻回从前的影像，回想起她的面容。不过，我什么也没有找到……而我甚至都没有她的照片……

但照片又有什么用呢？

多普科太太看了看表，站了起来。我们一起向车站走去。总的来说，她还是很喜欢安卡拉和土耳其的。

"我从没见过那么热情好客的地方。就说瑞士吧，这个国家能那么繁荣，还不是全靠了过路的外国人，但那里的人看外国人却跟看贼似的……而这里的每个人都非常愿意倾尽全力地去帮助一个陌生人。而且安卡拉真是漂亮极了。"

这位已经上了点年纪的太太一直说个不停。那个小女孩走在我们前面大概几步远，伸手摸着路边排成行的大树。快到车站时，我终于鼓起了勇气。我强装出事不关己的样子，问道："您在柏林还有亲戚吗？"

"不，没多少了……我其实来自布拉格，是德裔捷克人……我的第一任丈夫则是荷兰人。您为什么这么问？"

"只是我住在那里的时候遇到过一位女士，她告诉我你们是亲戚……"

"哪里？"

"就是柏林……我们在看展览时碰巧遇上。她好像是个画家……"

她忽然认真起来："对……然后呢?"

我犹豫了一会儿,接着说:"然后……我不知道……我们就聊了那一次……她当时画了幅很美的画……我们就是这么……"

"您还记得她的名字吗?"

"好像是玛丽亚·普德……对的!就是玛丽亚·普德!她的画下面签的就是这个名字。还有目录本里……"

她没有回答。我再次集中起自己所有的勇气:"您认识她吗?"

"认识,但是她怎么会告诉您我们是亲戚呢?"

"我也不知道……可能当时我跟她说我住在旅馆里,她就随口说了句她也有个亲戚住在那里吧……也有其他可能……我记不太清了……那都是十年前的事了。"

"对……十年真是太久了……她母亲告诉我,她曾经交过一个土耳其朋友,她总是说他的事,所以我就在想,您是不是就是那个人。但是很奇怪,她母亲从没见过这个她女儿如此仰慕的土耳其人……她那年去了布拉格,她女儿告诉她,这个土耳其人已经离开柏林了。"

我们已经抵达了车站。多普科太太朝她的那列火车走去。我担心我们的话题无法继续,这样我便无法打听到我最想知道的事情了。于是我直直地盯着她的眼睛，让她明白我很想继续听下去。

她打发走了为她把行李搬上车厢的侍从，转身看着我，说道："您为什么要问她呢？您不是说和玛丽亚不太熟吗？"

"对……但我对她的印象很深刻……我真的很喜欢她的画……"

"她过去确实是个很好的画家。"

她的措辞令我有些不解，于是我问道："您为什么要说她过去是个好画家呢？她现在画得不好了吗？"

多普科太太四处找寻着小女孩的身影，看到她已经上了车，坐到了座位上，她便靠过来说："当然不是……因为她已经不在人世了。"

"什么！"

我听见这两个字在我的嘴唇之间呼啸而出。大家都转过头来看着我们。那个小女孩把头伸出窗外，睁大了眼睛看着我。

多普科太太用意味深长的眼神久久地审视着我。"那么惊讶做什么？"她说，"您的脸色真是苍白得很。您自己说过和她不熟的。"

"话虽如此，听见她去世了，我还是很惊讶。"

"对……但这不是最近的事了……她去世已经十年了。"

"十年！不可能……"

她再次意味深长地看着我,又将我拉到了一旁:"我发现您确实对玛丽亚·普德的死非常感兴趣,那我还是快点跟您讲一遍吧。您离开旅馆回到土耳其两周后,多普科先生和我也走了,我们去了布拉格城郊的一座农场,走亲访友。我们就是在那里碰到了玛丽亚和她母亲。我和她母亲处得不好,但一码归一码嘛。玛丽亚当时看上去就很憔悴,脸色也不好看,她告诉我们,她在柏林生了一场重病。不久之后,这对母女就回到了柏林。玛丽亚似乎已经恢复了。我们又去了我丈夫的故土,东普鲁士①……那年冬天我们回到柏林时,便听说玛丽亚在十月初就已经去世了。当然,我不计前嫌,去看望了她的母亲。她看上去筋疲力尽,简直跟个六十岁的老太太一样。其实她当时只有四十五岁左右。她告诉我,她们离开布拉格时,玛丽亚觉得身子好像有点不对劲,就去看了医生,这才发现她自己已经怀孕了。玛丽亚一开始很高兴,虽然她母亲苦苦哀求,但她一直没有告诉她母亲孩子的父亲是谁。她总是说:'你很快就会知道了。'还总说自己马上就要出远门之类的话。但到了怀孕后期,她的健康状况恶化了不少。医生告诉她,以她现在的情况,分娩会很危险。虽然已经晚了,但医生还是希望能想想办法。不过玛丽亚始终不同意伤害孩子。后来她的病情突然恶化,被送去了

① 当时隶属于德国的一个省,第二次世界大战后割让给苏联,改名加里宁格勒州,现为俄罗斯联邦主体之一。

医院。当时她才大病初愈，在分娩之前就已经晕过去了好几次。医生决定进行手术，想办法救活了孩子。但玛丽亚却一直处于昏迷的状态，一周后便死亡了。她临死前什么都没说。她从没想到自己会死。在她意识清醒的最后几分钟，她告诉她母亲，要是她母亲知道了事情的来龙去脉，一定会非常震惊，但知道事情的原委后她母亲也一定会非常高兴。不过，她从没说出过孩子的父亲究竟姓甚名谁。她母亲还记得她女儿经常提到一个土耳其人。但她从没见过他，也不知道他的名字。这个孩子在四岁之前一直在医院和疗养院里生活，后来才被她外婆接了过去。她身体不好，性格也安静，但真的是个很乖的孩子。您不觉得吗？"

我觉得自己快要晕厥了。我感到头晕眼花，但还在努力保持站立的姿势，维持着脸上的微笑。

"就是这个小姑娘？"我冲着火车窗户的方向点了点头，问道。

"对！她真可爱，是吧？话少，又听话！她现在肯定想她外婆了！"

她说话时一直在密切地注视着我，眼里闪烁着几乎可以说是敌意的光芒。

火车快开了，她上了车。

接着，她们两个人的身影出现在了窗户旁。那个小姑娘漫不经心地微笑着，目光在站台上来回扫视，偶尔会看向我。臃肿的多普科太太则坐在她旁边，仍然在注视着我。

火车忽然开始向前行进。我挥了挥手，多普科太太冲我露出了一个诡异的微笑。

她把孩子拉进了车厢里……

这一切都发生在昨晚。仅仅二十四小时前。

我彻夜未眠，只是躺在床上，想着火车上的那个孩子。我几乎能看到她的脑袋，随着咔嚓作响的火车一同远去。还有她的头发……她有一头秀发，但我却记不清那究竟是什么颜色的了，我也想不起她的眼睛是什么颜色。我没有问她叫什么名字。我那时对她毫不在意。虽然有那么几秒她就站在距我几步之遥的地方，但我却从没有仔细地观察过她。在道别时，我也没有牵起她的手，我对她一无所知。天啊！我对自己的女儿一无所知！多普科太太一定是感觉到有什么东西不对劲……为什么她看我时眼里会充满恨意呢？她肯定猜到了什么……然后还带着那孩子走了……她们现在还在路上……火车的轮子碾过铁轨，轻轻地摇晃着我的女儿，带她进入梦乡。

这个夜晚的每一秒，我都在脑海中追寻着她们的脚步。到了最后，就在我以为自己无法再忍受这一切时，那个已被我从脑海中驱逐出去的形象又缓慢而安静地开始在我眼前浮现。玛丽亚·普德，我的穿皮大衣的玛丽亚。她的嘴角带着些许细纹；她眸子漆黑，眼神深沉；她的脸上不见一丝愤怒

或怨恨的痕迹，也许，只有一点惊讶，但比惊讶更多的，是
关切，是同情。但我却失去了与她对视的勇气。十年，整整
十年以来，我这个可悲的人一直在恨、在怨的，竟然是个已
经死去的人……对她而言，还有什么比这更大的侮辱吗？她
是我的生命，我的灵魂，我生存的意义。但这十年来，我却
一直在错怪她，怀疑她，从未想过也许自己才是不公正的那
一个。关于她，我曾做出过那么多荒诞的假设，却从未停下
来问自己，她离开我是否有什么不可抗拒的原因。现在真相
大白了，原来真有这么一个原因，最沉重、最无法避免的原
因——死亡。我觉得自己也许会羞愧而死。我心中充斥着对
死亡的绝望，以及对无用的悔恨。我也想用自己的余生来补
偿对她所犯下的罪过，寻求她的宽恕，但我知道，这是徒劳
的。因为，我们对无辜的人所能犯下的最深重的罪过，就是
抛弃一颗充满爱意的心，哪怕仅仅是因为这个原因，我也永
远无法被宽恕。

　　就在几个小时前，我还以为没有相片的帮助，我将永远
无法再回想起她的模样。

　　然而，此时此刻我又看到了她，甚至比从前看到的更真
切、更生动。和她在自画像里的样子一样，她有一点沮丧，
又有一点漫不经心。她的脸色比以往更加苍白，眼珠也更加
漆黑。她的下唇微微噘起，好像在说："噢，莱夫！"是的，
她比从前更加生动了……原来她十年前就已经去世了！在我

还在苦苦等候的时候，在我为她准备好我们的新家的时候，她却已经死了？她没有对任何人透露我的真实身份，不愿让我惹上任何麻烦。但最后，她却带着她的秘密离开了这个世界。

现在，我终于明白了为什么这十年来我对她如此愤恨，也终于理解了为什么我会在自己和世界之间建起这样一座无法翻越的高墙。真正的原因就是，十年来，我一直爱着她，全心全意地爱着她。这就是为什么我从不让任何人走进我的内心。而现在，我爱她甚至胜过以往。我向玛丽亚的幻象张开双臂，想象着自己再一次牵起她的手，再一次将它们焐热。我们曾经一起度过的那几个月的时光仍历历在目，我记得每一个共同分享的瞬间，每一句你来我往的谈话。我又回到了第一次在展览上看见她的画的那一刻，在脑中将往事一一细数：在"大西洋"听她唱歌，一起在植物园中散步，在房间内对坐，还有她病倒后的情形。回忆是如此丰沛，足以填满我的一生。将它们压缩到短暂的时间中后，过往发生的种种甚至比从前还要更加壮丽，比任何真实存在的东西更加鲜活。它们让我知道，过去的十年中我其实从未真正活过哪怕一秒——我的思绪，我的感受，我的行动，都抛下了我，远行到了无法触及的地方，仿佛它们其实是属于另一个陌生人的。虽然我现在的实际年龄是三十五岁，但真实的我却只活了四五个月，那以后，我便深藏于一副陌生的躯壳之中，无知又无觉。

昨晚躺在床上，当我终于再次和玛丽亚面对面的时候，我明白了这副躯壳和这个头颅都与我毫无关系，我也不愿再在其中苟延残喘。至于我的家人，我会继续像养活陌生人那样供养着他们，带着怜悯与同情为他们东奔西走。就在昨晚，我清楚地认识到，自从玛丽亚从我的生活中消失后，生命中便再也没有什么东西是值得我留恋的了。或者说，真正的我早已随她一同死去了，甚至比她死得还早。

今天一大早，家里的其他人都要出去远足。我说自己不舒服，留在了家里。从早上开始我便一直在写，而现在夜幕已经降临了，他们还没回家。但很快，这个房子又会再次被他们嬉笑打闹的声音所占据。这一切于我又有什么意义呢？我与他人的所有联系都已经被斩断，还剩下什么呢？十年来，我不曾对谁说过一个字，但现在我却多么需要一个知己啊！除了将这些事情一股脑地写出来，再任由自己被记忆所淹没以外，我又还能有什么选择呢？噢！玛丽亚！为什么我们不能坐在窗户边好好地谈谈呢？为什么在秋天凉风习习的傍晚，我们一起默默无言地散步时，没有敞开心扉，将灵魂也给对方看看呢？唉，为什么你不在我的身边呢？

也许这么多年来，我都在毫无必要地躲避社交。也许，我执意不愿相信他人，其实也是没有道理的。又也许，如果我认真地寻找了，还能找到和你相似的人。要是我早点知道你去世的消息，可能我还可以被时间治愈，在别人身上找到你的影子。但现在，一切都结束了。我知道我对自己的爱人犯下了无法被原谅的大错，再也没有力气去重来一次了。仅仅因为错怪了你，我便连整个世界也一并仇视，将自己完全封闭起来。现在，我得知了真相，知道这种极度的孤独其实完全是由我自己造成的。人生这场游戏一个人只能玩一次，而我输了。再也没有机会了……未来的日子甚至比从前更加惨淡。我只会像个机器一样，每晚都出去买东西，与我毫无兴趣的形形色色的人们见面。难道还能有别的生活方式吗？我觉得没有了。要是没有这次巧遇，我也许还能像从前一样生活，对真相一无所知。你让我知道，这世上还存在着另一种生活，让我认识了自己的灵魂。这一切都终结得太快，但这并不是你的错……谢谢你给予我真正去生活的机会。那短短的几个月值得我用几辈子去交换，你不觉得吗？你留下的那个孩子，她是你的一部分，是我们的女儿。她将会在这世上兜兜转转，永远都不会知道她父亲的名字……我们的道路曾经交汇过一次，但我却对她毫不了解。我不知道她叫什么，也不知道她住在哪里。但她将永远都留在我的心里、我的脑中。我已经在脑海之中为她构想出了一种生活，一种我能陪她一起漫步于人生道路的生活。我努力想象着自己看着她长大，送她去上学，注视着她的微笑，思考她在想什么。我将努力用这些来填补我内心的空白。外面嘈杂起来了，他们肯定回来了。但我还想继续写。这一切又有什么意义呢？我写了那么多，又有什么用呢？明天我会叫我女儿再去买一本笔记本，然后把这本藏起来，不让任何人发现它。将这一切的一切都藏起来，尤其，是我的灵魂。

　　莱夫·艾芬迪的笔记到这里就结束了，剩下的页面全是空白的。好像他决定要将自己隐藏已久的灵魂安全释放，但在记满这些纸页后，他又躲了回去，决心不再发一言。

　　现在已经快到早上了。我遵守诺言，把笔记本放到口袋里，去了他家。门一开，我便听到里面传来恸哭声，再看房内一片混乱，瞬间我就明白发生了什么事。我站在那里，不知道该怎么办。我不想没有见莱夫·艾芬迪最后一面便离开，但在昨晚之后，在亲眼看见了他的爱意和鲜活的生命之后，我又实在无法承受就这么看着他成为一具空空荡荡、无知无觉的躯壳。我回到了街上。莱夫·艾芬迪的死并没有令我十分悲痛，因为我感到，我并没有失去他，而是重新发现了他。

　　昨晚他对我说："我们认识了那么长的时间，却从没有好好地倾诉过。"但现在我却不这么想了。昨晚我们已经彻夜长谈过了。

　　也是在昨晚，当他离开这个世界的时候，他却如此生动地进入我的生命之中。而他也会一直留在这里，无论我去往何方，他都将长伴我的身边。

　　我走进办公室，坐到了莱夫·艾芬迪空荡荡的桌子前。我把他的笔记本放到面前，重又翻回到第一页。

图书在版编目（CIP）数据

穿皮大衣的玛利亚 /（土）萨巴哈丁·阿里著；秦沛译. — 苏州：古吴轩出版社，2020.7
ISBN 978-7-5546-1568-3

Ⅰ.①穿… Ⅱ.①萨… ②秦… Ⅲ.①长篇小说—土耳其—现代 Ⅳ.①I374.45

中国版本图书馆CIP数据核字（2020）第113893号

责任编辑：韩桂丽
见习编辑：沈　玥
责任校对：孙佳颖　胡敏韬

书　　名：穿皮大衣的玛利亚
著　　者：〔土耳其〕萨巴哈丁·阿里
译　　者：秦　沛
出版发行：古吴轩出版社
　　　　　地址：苏州市十梓街458号　　邮编：215006
　　　　　电话：0512-65233679　　传真：0512-65220750
出 版 人：尹剑峰
印　　刷：无锡市证券印刷有限公司
开　　本：880×1240　1/32
印　　张：6.5
版　　次：2020年7月第1版　第1次印刷
书　　号：ISBN 978-7-5546-1568-3
定　　价：42.00元
如有印装质量问题，请与售后联系。0512-87662766